고슴도치 그녀들

고슴도치 그녀들

소피 리갈 굴라르 지음 이정주 옮김

씨드북

"삶은 네가 타고 나아가는 배이지

네가 머무는 집이 아니다."

- 알퐁스 드 라마르틴(1790~1869, 19세기 프랑스의 시인이자 정치가)

차례

9월 4일

마리나

참새는 조금 전에 일어났다. 부스스한 머리에 아기 새 같은 얼굴로 방에서 나왔다. 참새는 기지개를 켜면서 그녀가 있는지 나지막이 물었다.

구두가 놓여 있던 복도를 흘깃 쳐다봤다. 그녀의 하이힐이 없다. 벌써 나갔다. 개학을 잊은 것이다.

나는 이 사실을 차마 참새에게 말할 수 없었다.

"식탁에 너한테 남긴 메모가 있었어. 그녀가 아주 좋은 하루 보내래. 오늘도 네 생각만 할 거래!"

나는 동생을 쳐다보지도 않고 말했다.

"메모는 어디 있어?"

"아…… 내가 버렸어…… 읽고 싶어?"

참새는 잠깐 망설이다 고개를 가로저었다. 내 말을 그대로 믿는다. 그래서 오늘 아침은 편하다.

아침 먹을 그릇을 꺼내려다가 찬장을 잘못 열었다. 보름이 됐지만 익숙해지지가 않는다. 전에는 그릇과 잔을 같은 장소에 가지런히 놓았는데, 이 아파트에서는 그녀가 죄다 아무렇게나 놓은 것 같다. 마치 임시로 있는 듯 말이다.

하하하.

"난 배고프지 않은데."

"참새, 개학 날이야. 먹어야 해."

동생은 이미 고분고분 의자를 끌어당겨서 앉았다. 막무가내로 오래 떼쓴 적이 한 번도 없다. 내가 늘, 아니 거의 옳다고 생각하기 때문이다.

나는 냉장고 문을 열면서 덧붙여 말했다.

"내가 안 챙겨 줄 거야. 참새, 엉덩이 들고 일어나서 나이프와 숟가락 좀 가져와."

"내 이름은 바니아야."

동생은 기분이 상하면 자기 진짜 이름을 또박또박 말한다. 난 화가 났을 때가 아니면 녀석의 이름을 부르지 않는다. 내게 동생은 '참새'다. 언제부터 그렇게 불렀는지 기억도 나지 않는다.

우리가 아직 가족인 것만은 잘 알고 있다.

바니아는 늘 둥지에서 떨어진 참새 같은 얼굴을 하고 있어서 보호해 주고 싶다. 그리고 내 동생이기 때문에 내게 맡겨진 일이다. 내 사명, 내 의무다.

"알았어…… 바니아. 어서 아침 먹어. 바니아. 학교 가려면, 바니아, 30분밖에 안 남았잖아. 바니아. 전학 간 새 학교에서 바니아, 새 학년 개학 첫날부터, 바니아, 지각하고 싶지 않지? 바니아."

이번에는 동생이 희미하게 미소를 지었다. 마치 짙은 구름 너머로 해가 보인 것 같았다.

"그건 누나가 아까 말했잖아. 사과 좀 깎아 줘. 마리나, 마리나, 마리나, 마리나, 마리나 누나!"

동생이 요구르트를 입에 가득 물고서 말했다.

나는 삶은 달걀을 와작 씹어 먹으면서 웃었다. 바니아는 날 쳐다보며 토하는 표정을 지었다. 나는 아침마다 삶은 달걀을 잘 먹곤 한다.

그녀는 내가 아빠처럼 군다고 말하지만 틀렸다. 나는 그냥 달걀을 좋아하는 거다. 아빠를 닮아서가 아니라!

아침은 10분 만에 뚝딱 먹어 치웠다. 동생과 나는 거의 동시에 일어났다. 내가 그릇을 씻는 동안 동생은 부스러기를 치우고, 식탁을 닦았다. 이게 몸에 뱄다. 집에서 손발이 척척 맞는 듀오는 우리 둘밖에 없다.

바니아는 내가 말하지 않아도 알아서 욕실에 갔다. 어젯밤에 용감한 어린 병사처럼 개학 첫날 입을 옷을 혼자서 준비했다. 10분 후, 동생은 가장 좋아하는 청반바지에 등번호 '10번'이 적힌 티셔츠를 입고, 그녀가 사 준 새 운동화를 신고서 내 앞에 섰다.

동생의 미소는 '학교에 가서 좋아!'라고 말하는 듯했지만, 나는 동생의 눈빛을 해석할 줄 안다. 내가 읽은 것은 두려움에 가까웠다. 당연하다. 새 도시, 새 동네, 새 학교에서 4학년을 맞이하니까…… 그것도 '달라진 가족'으로.

나는 투명 메달을 흔들며 동생의 가슴에 걸어 주는 척하면서 말했다.

"바니아 경, 그대는 내가 목소리를 높이지 않아도 아주 짧은 시간에 학교 갈 준비를 마쳤소. 그대가 새 시대의 기사요. 그래서 모리스 파뇰 초등학교에서 가장 멋진 학생에게 주는 이 메달을 수여하겠소."

"어, 마르셀 파뇰이거든."

바니아가 이제는 진짜로 환하게 웃으며 내 말을 고쳐 줬다.

"참! 난 모리스가 더 어울리는 것 같아. 좀 더 신뢰가 가잖아. 안 그래? 어쨌든 난 이름 바꾸기가 좋아!"

나는 아파트 열쇠를 잡으면서 말했다.

"내가 전에 말했었잖아."

바니아가 말했다.

바니아는 현관을 열고 나보다 앞서 계단을 내려갔다. 녀석의 걸음걸이가 사거리까지는 씩씩했다. 그러나 사거리 이후에는 걸음이 점점 무거워졌다. 마치 작은 바퀴 달린 책가방이 별안간 납덩이로 변한 듯했다. 급하게 멈추는 게 느껴졌다.

"바니아 경, 저기 보이는 학교에서 나쁜 빛이 뿜어져 나와 그렇게 얼어붙는 거요? 내가 마법의 방패를 꺼내 저 빛을 다른 기사에게 보내길 원하오?"

바니아는 희미하게 미소 지었다. 나는 다시 말했다.

"잘 들어…… 학교는 내년에 가겠다고 말하면 돼! 아니면 내후년에? 너랑 나랑 도망칠까? 그럴까? 전용기 타고 갈라파고스거북이를 보러 갈까?"

"아니면 세이셸자이언트육지거북이는?"

바니아가 사르르 떨리는 목소리로 물었다.

나는 동생에게 윙크를 보냈다. 잘 설득한 것 같다.

아주 쉽다. 내 동생은 좋아하는 동물 얘기가 나오면 몹시 들뜬다. 거북이가 어떻게 알을 낳고, 이동하고, 먹이를 먹고, 춤추고, 노래하는지 한 시간 동안 떠들 수 있다. 동생은 다시 걸으면서 최근에 알게 된 어린 거북이 떼의 이동을 자세하게 얘기했다.

"갓 태어난 어린 거북이가 수만 킬로미터를 갈 수 있다는 거 알아? 떠날 때는 몸집이 접시만 하지만, 도착할 때는 욕조만큼 자라 있대!"

동생은 아주 신이 나서 설명했다.

"욕조만큼? 허풍이 심한 것 같은데? 아니면 소인국의 욕조를 말하는 거야?"

동생은 계속 말했고, 나는 무척 관심 있는 척했다. 사실 거북이 떼의 이동 따위는 전혀 궁금하지 않지만 쉴 새 없이 질문을 던졌다. 바니아 말에 따르면, 거북이 떼가 목적지에 다다를 때쯤 비행접시만큼 커지고, 심지어 닌자 거북이로 뽑힐 수 있다고 했다.

내 관심을 끈 것은 바니아가 거북이 얘기에 열중한 나머지 새 학교 교문에 다다라 이제 아무도 모르는 학교에 들어가야 한다는 사실을 잊었다는 거다.

벽에 반 배정표가 붙어 있었다. 몹시 흥분해서 반을 찾는 사람은 우리 둘밖에 없었다. 아무도 걸음을 멈추지 않았다. 아이와 함께 온 학부모들은 곧장 학교 운동장으로 갔다. 당연하다. 이미 전날에 알았을 테니까. 준비물을 사고, 책가방을 챙기고, 옷을 반듯하게 다려 입히고, 격려의 말을 아낌없이 해 주고, 머리를 단정히 빗기고, 손을 꼭 잡아 주고, 미소를 주고받고, 한참 동안 안아 주고, 뽀뽀를 하고 또 했을 것이다.

이것이 정상적인 가정이다.

순간, 내 심장이 좀 더 세차게 뛰었다. '바니아 지루' 이름이 보이지 않았다. 등록을 잊은 건가. 그녀는 등록했다고 생각했지만, 어쩌면…….

"내 이름 여기 있어! 4학년 A반 샤퐁 선생님이야."

갑자기 동생이 벽에 걸린 종이 중 하나를 짚으며 외쳤다.

"아, 샤퐁 선생님 좋아! 동네에서 유명하더라."

난 엄지를 치켜올리며 말했다.

바니아는 슬프게 얼굴을 찌푸리며 어깨를 으쓱였다. 동생이 부모님의 따뜻한 미소나 위로가 되는 뽀뽀를 받지 못한 채 이 낯선 학교 교문을 들어가야 한다고 생각하니 괴로웠다. 나는 휴대폰을 꼭 쥐었다. 8시 18분이다. 우리 삶이 다 망가진 게 아니라고 동생이 믿게 만들기까지 아직 몇 분 남아 있다.

"엇, 문자가 왔네! 우리 전사 같은 아들, 힘내라! 아빠가 보냈어!"

바니아가 내 눈을 쳐다봤다. 내가 거짓말 여왕이란 걸 눈치챈 걸까?

나는 손바닥을 펼쳤고, 바니아가 주먹으로 내 손바닥을 콩 쳤다. 그러고는 뒤돌아서 교문으로 들어갔다.

나는 거의 뛰다시피 길을 거슬러 올라가면서 교문이 닫힐 때까지 동생의 마음이 바뀌지 않게 해 달라고 '개학의 신'에게 빌었다. 나는 뒤돌아보지 않았다. 점점 희미해지는 작은 파란색 실루엣의 동생을 보기가 너무 무서웠다. 서둘러 이어폰을 귀에 꽂았다.

You'd better never come back······ You should forget the past······(다신 돌아오지 않는 게 좋을 거야······ 지난날은 잊어······).

요즘 내가 늘 듣는 노래다. 소리가 커서 고막을 찢기에 좋은 음악이다! 나는 노래 가사대로 하고 있다. 나는 뒤를 보지 않는다. 더는 과거를 생각하지 않는다. 그럴 시간도, 방법도 없다. 갑자기 큰 파도가 일어 기억을 앗아 가면, 남아 있는 것을 다시 건져 내기란 힘들다.

You'd better close your eyes······ You could dream of heaven. Ooooh······ Stop in the middle······(눈을 감는 게 좋을 거야······ 천국을 꿈꿀 수 있어. 오오······ 그만 멈춰······).

그때 주머니에서 휴대폰이 울렸다. 무슨 일일까. 그녀 아니면 아빠가 정상적인 사람들은 9월 4일이 자녀의 개학 날이라는 걸 알고 있다는 사실이 떠오른 모양이다!

마리나, 보고 싶어. 행운을 빌어. 네 친구 캄.

그럼 그렇지. 바니아 앞에서는 꿋꿋하게 버텼지만, 이번에는 진짜 눈물이 났다. 바보같이 울다니. 나는 두 다리로 단단히 서서 어금니를 악물고 주먹을 쥐고서 현재를 마주할 줄 안다. 나는 엄청나게 강인하고, 늘 다시 일어설 줄 안다고 말하고 싶다. 그러나 과거와 연결된 기억을 마주하는 게 문제다. 내 능력 밖의 일이다. 예전 삶의 잔잔한 수면 아래로 나도 모르게 빠져들어 숨이 멎는다. 이러다 익사할지도 모른다.

하기야, 나는 익사하고 있다.

뺨에 흐르는 눈물을 손등으로 닦았다. 그리고 음악을 더 크게 틀었다.

마리나, 문자를 받는 것은 평범한 일이야. 예전의 넌 문자에 답장하고 한참 얘기를 나눴어. 기억해 봐. 그 친구가 휴대폰은 네 애착 물건이라고 말했잖아. 하하하, 그 친구 애착 물건에 대해서도 얘기해 볼까?

나는 바로 카미유에게 답장하지 않을 것이다. 할 수도 없다.

지금은 당장 급한 일을 처리해야 한다. 바니아는 해결됐다. 거의.

그다음은 나다. 내 개학은 아직 두 시간이 남았다. 아파트에 돌아가서 책가방을 챙겼다. 종이 몇 장밖에 없는 파일, 필통, 이미 쓴 공책을 넣었다. 작년에 썼던 학용품들을 재활용했다. 내가 다이어리를 사 달라고 하자 그녀가 대답했다.

"그 사람한테 사 달라고 해. 그 사람에게 돈이 있잖아."

그녀는 더는 아빠 이름을 부르지 않는다. 게다가 '너희 아빠'라고 말하지도 않는다. 그녀는 우리 대화에서 아빠를 완전히 뺄 수 있다면 그렇게 할 것이다. 아빠는 늘 되돌아오는 부메랑 같기 때문이다. 그녀는 우리가 더는 아빠 얘기를 꺼낼 생각도 못 하게 보다 근본적인 방법을 찾았다…….

나는 다이어리를 사 달라고 졸랐다. 바니아는 얼마 전에 새 운동화를 선물로 받았다. 다이어리는 운동화에 비해 스무 배는 더 싸다. 하지만 그녀는 내 팔다리를 얼어붙게 하는 표정으로 쳐다봤다.

난 더 말하지 못했다. 적어도 이건 확실하다. 학용품은 그녀가 우리에게 주는 '보상'의 선물이 아니다. 이렇게 말이다. 판단 착오든 뭐든

상관없다.

9시 30분이었다.

마리나, 우리 5분 뒤에 나갈까? 새 학교에서 새 학년이 되니까 스트레스가 클 거야. 우리 둘이서 얘기하면서 갈까? 다 지나간…… 과거도 얘기하면서 말이야. 어때?

네, 좋아요, 엄마. 제가 자립심이 강해도 솔직히 이번 개학은 두려워요. 아빠 없이 맞는 개학이잖아요. 그리고 엄마도 없고요. 그러니까…… 부모 없이 맞는 개학이에요. 지루 씨 집 아이들이 완전히 자유의 바람을 맞고 있어요! 엄마, 왜 갑자기 말이 없어졌어요? 더 말하고 싶지 않아요?

나는 거울에 비친 내 모습을 더는 보지 않으려고 고개를 돌렸다. 난 그녀를 닮은 것 같다. 그래서 개학 날 아침에 정상적인 가정에서 이뤄지는 엄마와 딸의 대화를 연기했다.

곧이어 나는 책가방과 열쇠를 챙겨서 다시 아파트 세 개 층을 후닥닥 뛰어 내려갔다. 딱 서른한 계단이다. 아파트 계단을 오르내릴 때마다 세기 때문에 안다. 나만의 루틴이다.

서른하나. 8월의 날수와 같다. 아니면 7월. 잇달아 있으면서 서로 닮은 두 달 동안, 우리는 더 이상 한 가족이 아니게 됐다.

그렇다…… 서른한 날을 두 번 보냈다. 여기에 6월의 30일을 더해야 한다. 그리고 5월의 31일. 4월과 3월의 날수도 더해야 한다! 신사 숙녀 여러분, 제가 값을 잘 쳐드릴게요! 지루 씨네가 겪은 지난 184일을 사실 분 계세요? 아무도 없어요? 자자, 깎아 드릴게요. 이 거지 같은 삶을 헐

값에 드릴게요.

그러면…… 우리의 과거를 청산할 수 있을까? 가능할지 모르지. 어쩌면 또 다른 페이지가 써지지 않을까? 꽃과 하트가 가득 찬 페이지로? 내가 우리 지루 씨네가 세상 끝날 때까지 행복할 줄 알던 때 그리던 한심한 종류의 그림으로 말이다.

생각하기 싫다. 이러다가 언젠가 내 머리가 터질 거다. 학교로 걸어가다가 펑! 뇌가 길거리에 주르르 쏟아지겠지.

그러면 좋지. 우리가, 그러니까 그녀, 참새와 내가 어쩔 수 없이 살아야 하는 이 동네가 난 참 싫으니까. 이 동네를 더럽히면 내 기분이 한결 나아질 거다.

게다가 생각도 멈추게 되니까 나한테는 좋을 테지.

하지만 내가 도착한 장소를 보면 내 뇌는 멈추지 않고 전속력으로 돌아갈 거다. 말라르메 중학교. 건물 정면에 큼지막하게 적혀 있다. 만약 카미유가 내 옆에 서 있다면 학교 이름이 이상하다고 흉봤을 게 뻔하다. 그러면 난 이렇게 대답했을 것이다.

"책 좀 읽어! 말라르메는 19세기 프랑스의 시인이잖아!"

그러면 카미유는 팔꿈치로 날 툭 치면서 자기도 안다고 피식 웃었을 거다. 그리고…… 마리나, 그만 말해. 그만 뒤돌아봐. 카미유는 여기에 없어.

이 중학교, 아니 이 흉한 정육면체 건물 계단을 올라가. 저기로 들어가면 너는 중2 X반 전학생 마리나 지루가 되는 거야. 나머지는 몇 시간 동안 잊어.

너의 거지 같은 삶이 다시 네 목구멍에서 솟구쳐 올라와도 걱정하지 마.

9월 4일

쥐스틴
/ | \

쥐스틴은 막 잠에서 깨어 하품을 하면서 부엌에 들어갔다. 냉장고 문에 붙은 달력을 보니 그 날이 확실했다.

오늘은 많은 학생을 만나는 날이다.

쥐스틴은 아침을 제대로 먹을 생각이었다. 그러나 개학 첫날은 늘 힘들었고, 오늘도 차 몇 모금 외에는 아무것도 넘어가지 않았다.

쥐스틴은 잔을 씻어 제자리에 놓았다. 잔들을 가지런히 줄지어 놓을 수 있는 완벽한 작은 쟁반을 찾아냈다. 그리고 식탁과 개수대를 치웠다. 부엌을 나오기 전에 마지막으로 집 안을 둘러봤다. 어지럽게 널린 건 없다.

완벽하다.

그러나 욕실 거울에 비친 자신에게는 그렇게 말하지 못한다.

여전히 못생긴 쥐스틴. 널 어떡하지?

쥐스틴은 한숨을 내쉬었다. 지금은 헤어진 마르탱을 만나기 전까지는 집에 있는 거울이란 거울은 모조리 없앤 채 살았다. 더는 자신의 얼굴을 보지 않고, 자꾸 떠오르는 그의 목소리를 듣지 않으려고. 결국 쥐스틴은 현실을 직시하고 인정했다. 사람은 자신의 과거를 지우지 못한다. 과거와 함께 살아간다. 그냥저냥.

쥐스틴은 샤워부스로 도망쳤다. 일단 도서관에서 일하기 시작하면 모든 것이 제자리를 찾을 것이다. 사서라는 직업에 자부심을 가진 쥐스틴 포레스티에가 정규직으로 첫발을 내디딘다. 계약직과는 작별이다!

'어린' 쥐스틴은 지워질 것이다. 이 쥐스틴과 함께 개학에 대한 불안, 그러니까 새로운 시선을 마주하는 게 두려웠던 과거의 흔적도 자취 없이 사라질 것이다.

이따금 그의 목소리만 들리겠지. 이런 식으로 말이다.

쥐스틴은 어제 잘 다려 놓은 원피스를 입고 머리를 뒤로 꽉 잡아당겨서 포니테일로 꽁꽁 묶었다.

쥐스틴은 신간 도서 상자를 잡았다. 스물아홉 권이 들어 있는데 다 읽었다. 7월에 스물두 권을 읽고, 8월에는 일곱 권밖에 읽지 못했다. 브르타뉴 지방에서 보름 동안 휴가를 보낼 때, 친구 모가 책을 못 읽게 말렸기 때문이다.

"어차피 학교에서 1년 내내 책 속에 파묻힐 거잖아. 그래서 여기에 네 단짝과 와 있는 거라고. 넌 선택의 여지가 없어. 그만 읽어! 그리고 마르탱을 대신할 것을 책에서 찾을 생각 마."

스톱. 지뢰밭이다……. 이제부터 쥐스틴은 마르탱 생각을 그만하기로 했다. 추억의 필름은 중지시키고 책들을 상자에 집어넣었다.

쥐스틴은 독서 클럽을 만들까 생각하고 있다. 그래서 꼭 필요한 책 몇 권은 아이들에게 보여 주고 싶어서 꺼내 놨다. 그때 현관 쪽 작은 탁자에 놓인 휴대폰이 진동했다. 확인하니 모한테서 문자가 왔다.

개학 잘 맞길! 벌써 복사기 앞에서 훈남 선생님들이 널 훔쳐보고 있겠지.

쥐스틴은 피식 웃으면서 답장을 보냈다.

그랬으면 좋겠다.

그러나 아직도 마르탱이 남아 있다…….

다시 스톱. 리셋, 지우자.

어제 저녁에 받은 전화 한 통이 떠올랐다. 개학 전날에는 어김없이 엠마가 안부를 묻는다.

"방학 동안 뭐 했어? 물론 책 읽기 빼고!"

엠마가 물었다.

"어…… 늘 같지, 뭐. 7월에는 일주일 동안 피부 치료받고, 8월에는 보름 동안 모랑 키브롱 만에 가 있었어."

"그럼 라 부르불의 온천에서 지냈겠네?"

쥐스틴은 언니의 질문 속에 숨겨진 날카롭게 꼬집는 말을 곧장 알아챘다. '불쌍한 쥐스틴, 거기서 습진을 치료하는 데 4년이 넘어가잖아…… 답답하게 살지 말고 좀 변화를 줄 생각 없어?' 이렇게 말하는 언니의 이중적인 목소리가 완벽하게 들렸다. 쥐스틴은 두 십 대 자녀의 말투를 즐겨 쓰는 언니처럼 '내 인생은 내가 알아서 하니까 상관 마'라고 대답할 수도 있었다. 아니면 '내 습진은 그 사람 기일에 더 나빠지고, 기일이 7월이라는 거 잘 알잖아. 그래서 일주일 동안 피부 치료를 받아야 하는 거고'라고 대꾸할 수도 있었다.

그러나 쥐스틴은 자신을 위해서 그렇게 다 말하지 않았다. 그저 되도록 차분한 목소리로 두 조카에게 줄 좋은 소설을 찾았다고 말했다.

"그 시리즈 마지막 권을 보내야 하는데……."

쥐스틴이 말하기 시작했다.

"쥐스틴, 벤과 리나는 더는 책을 읽지 않아! 네가 십 대를 책벌레로 지냈다고 모든 애들이 너처럼 읽지 않아. 걔들은 열한 살이고 열세 살이야. 이 나이에는……."

쥐스틴의 언니는 이번에는 약간 초조한 목소리로 쥐스틴 말을 끊었다. 그러고는 긴 설명을 늘어놓았다. 인생에서 책 읽기를 그만두는 시기가 있다는 것을 알려 주려고 했다. 특히 십 대가 되면 말이다. 쥐스틴은 남몰래 한숨을 쉬었다. 왜냐하면 쥐스틴은 열두 살에서 열여섯 살의 독자들을 온종일 만나기 때문이다. 그러나 아무 말도 덧붙이지 않았다. 쥐스틴은 '엠마의 관점에서 말하는 삶'을 들으면 자연스레 귀가 닫힌다. 멍멍한 소리만 들린다. 약간 밀물과 썰물 소리 같다. 일종의 자장가 같은.

드디어 엠마의 말이 끝났다.

"그래, 내일부터 학교에 잘 나가. 넌 쉬기라도 했으니 너무 힘들지는 않겠네!"

"그래, 알아. 저번에도 언니가 말했잖아. 교사는 방학이 너무 많다고 말이야! 근데 내 월급과 언니 월급을 비교해 봐……."

쥐스틴이 대답했다.

"아니야! 내 말은, 넌 지난 두 달 동안 사춘기 직전의 두 애를 돌볼 일은 없었잖아. 그만하자. 다음에 봐."

언니는 쥐스틴의 말을 끊으며 말했다.

쥐스틴은 매번 개학 전날 언니의 전화를 끊을 때마다 이런 생각이 꼭 든다.

'언니와 내가 한 가족이라니…….'

쥐스틴은 몇 초 동안 믿을 수가 없다. 그리고 다음 전화가 올 때까지 삶은 계속된다. 쥐스틴은 언니가 보고 싶은 것도 아니고, 언니에게 할 말도 없다. 언니한테 부러운 것은 딱 하나, 이름이다. 부모는 언니에게 플로베르 소설의 여주인공인 '엠마'라는 이름을 지어 주는 실수를 저질렀다. 언니는 늘 책을 싫어했는데 말이다!

쥐스틴은 간밤에 다 읽은 청소년 소설을 집어서 도서관에 가져갈 다른 책들과 함께 놓았다. 쥐스틴은 현관을 닫고 나와 상자는 엘리베이터에 실어 1층으로 보내고, 자신은 계단으로 걸어 내려갔다. 폐소 공포증이 있어서 닫힌 공간에 들어가지 못한다.

당연히 계단을 세면서 내려갔다. 가장 중요한 일상의 루틴이다.

일터까지 가는 데 버스로 15분밖에 걸리지 않는다. 이렇게 집에서 가까운 학교에서 일하게 되어 얼마나 행운인지 모른다.

학교 앞에 다다른 쥐스틴은 눈을 들어 건물 정면을 바라봤다.

"스테판 말라르메, 1842년 파리에서 출생해 1898년 발뱅에서 별세한 시인."

쥐스틴은 중얼거렸다.

쥐스틴은 몇 초 동안 눈을 감고서 시인의 시 중에서 한 편, 「바다의 미풍」 첫 구절을 떠올렸다.

육체는 슬프다, 아아! 그리고 나는 모든 책을 읽었구나. 달아나라! 저곳으로 달아나라······.

그러고 나서 쥐스틴은 학교로 들어갔다.

9월 20일

마리나

"걔가 날 계속 쳐다보는데 너무 불편해. 다른 애들은 날 신기한 짐승마냥 뚫어지게 쳐다봤어도 금방 멈췄는데, 걔는 아니야! 나한테 말 걸고 싶은 눈치인데, 내가 노려보니까 주저하는 것 같아."

"대박! 벌써 널 좋아하는 남자애가 생긴 거야? 이름이 뭐야?"

"사뮈엘. 근데 되게 못생겼어."

완전히 틀린 말이지만, 나는 그렇게 말하고 싶었다. 카미유는 끈질겼다.

"야, 거짓말쟁이야. 솔직하게 말해. 너도 걔가 좋지?"

반에서 날 쳐다보는 이 남자애 얘기를 꺼내는 게 아니었는데, 괜히 말했다.

그러나 카미유는 새로운 내 삶을 다 알고 싶어 했다. 어떤 아파트에 살아? 중학교는 어때? 그리고 동네는? 선생님들은 좋아? 학생들은? 바니아는? 그리고 네 엄마는? 나는 가장 덜 위험한 선택을 했다. 그래서 학교 얘기를 꺼냈다. 그러면 거짓말할 필요가 없으니까.

결국 난 카미유가 그만 질문하게 카미유의 옛 남자 친구 소식을 물었다.

"어…… 걔 얘기를 하면, 내가 또 반했어! 톰은 이제 구 남친이 아니야.

구구 남친이라고 하는 게 좋겠다!"

전화기 너머로 카미유의 웃음소리가 울렸다. 왜 난 울고 싶지? 예전 중학교 교문 앞에 내 단짝과 그 남자 친구가 있는 모습을 상상하니까 너무 슬퍼서? 아니면 내 삶이 달라지지 않았다면, 걔들로부터 너무 멀지 않은 곳에 앉았을 수 있다는 생각에? 아니다. 나는 그저 카미유의 웃음소리에 마음이 아팠다. 카미유와 나, 우리는 그렇게 많이 웃었는데⋯⋯.

"아, 나만 말하네. 나만 말하고 있어. 넌 왜 아직도 너희가 사는 데에 대해서 말 안 해?"

나는 눈꺼풀을 세게 깜빡이며 서서히 차오르는 눈물을 없앴다. 주위를 둘러보면서 짐짓 쾌활한 목소리로 말했다.

"그냥 그래! 작고 별로야. 그런데 임시로 있는 거야. 엄마가 좀 더 나은 아파트를 찾고 있거든."

"엄마는 어때? 익숙해지셨어?"

'어, 괜찮아'라는 내 대답은 거짓말처럼 들렸을 텐데, 내 친구는 계속 말했다⋯⋯.

"네 엄마는 늘 짱 멋졌어! 엄청 강하시지! 네 아빠랑 헤어지고 그렇게 너희를 데리고 낯선 도시로 가는 건 엄청 힘든 일일 텐데. 그래도 직장을 옮기실 수 있어서 다행이야!"

'짱 멋지다', '엄청 강하다'. 실제로는 그렇지 않은데.

그러나 나는 '맞아, 맞아'라고 심지어 맞장구쳤다. 모든 것이 정상인 것처럼.

"엄마의 새 직장은 일이 많지만, 그래도 엄마는 좋아해. 바니아도 새 학교가 아주 마음에 드는 모양이야. 벌써 친구도 사귀어서 종종 얘기해. 그리고 나도…… 계속 잘 살고 있어! 학교 선생님들, 반 아이들도 날 전학생으로 대하는 일은 점점 줄고 있어."

"나처럼 멋진 친구들을 사귀었다는 말은 아니지?"

"당연하지! 지금은 관찰 모드야. 보통 학생처럼 보이려고 잘 어울리고 있어."

카미유는 우리가 함께 보낸 마지막 날들을 떠올리며 내가 기억조차 못하는 일화를 꺼냈다.

"아니, 그 비호감 퓌스티에 선생님 수업 중이었잖아! 그다음 날에는 에메릭이 우리를 초대했고……."

카미유 말에 나는 기억나는 척했지만, 전혀 생각나지 않았다. 혹시 내 기억이 지워지는 중인가? 더는 뒤돌아보고 싶지 않지만, 진짜로 내가 과거를 잊어버리는 중 아닐까?

현관문이 열리는 소리가 났다. 바니아는 월요일부터 혼자 학교에서 돌아온다. 지난주 어느 저녁, 그녀는 바니아를 데리고 돌아다니다 들어와서는 '다 잘됐어'라고 말했다. 이어서 바니아를 숨이 막힐 정도로 꼭 끌어안고는 '사랑하는 우리 아가, 어느새 다 컸네'라고 반복했다. 바니아는 가만히 있었다. 평소라면 아기 취급당할 때 질색했을 텐데.

바니아는 지금 나와 같다. 그녀가 발작 직전이라는 것을 바니아도 느낄 수 있다.

카미유가 웃음을 터뜨렸다. 나는 카미유가 하는 얘기를 듣지 못했다. 동생에게 간식으로 사과를 샀다고 손짓하던 중이었기 때문이다. 그녀는 장 보러 가면 여전히 많은 것을 깜빡한다. 닷새째 냉장고에 과일이나 야채가 하나도 없다. 반면 (동네 슈퍼에서 제일 싸게 파는) 딸기 요구르트를 다섯 팩이나 사 와서 우리는 일주일 동안 점심과 저녁으로 먹어야 했다.

"그러면 좋겠지! 내 말 맞지 않아?"

카미유는 내 대답을 기다렸다. 나는 둘 중에서 한 문장만 들어 '물론이지!'라고 되는대로 대답하면서 맞는 선택이길 바랐다. 카미유는 내가 다시 예전에 살던 곳으로 돌아오면 함께할 것들을 하나하나 자세히 말하기 시작했다. 그러나 난 거기서부터 더 듣지 않았다.

조금 전에 그녀가 돌아왔고, 하이힐을 벗는 소리에서 뭔가 문제가 있는 게 느껴졌다. 난 곧바로 가슴이 죄어 왔다. 곧이어 그녀는 거실 찬장을 열었다. 바니아도 그녀를 보고 불안한 표정으로 다가갔다. 난 심장이 더 세차게 뛰었다. 그녀에게서 눈을 떼지 않으며 통화를 끝내기 위해 아무 말로 얼버무렸다. 카미유는 상황이 긴박하다는 것을 눈치채지 못한 것 같았다. '구구' 남친을 만나러 가야 한다면서 전화를 끊었다.

나도 엄마를 대면해야 한다.

그러나 그 말은 친구에게 하지 않았다.

10월 9일

쥐스틴
/ | \

쥐스틴은 비명을 지르며 잠에서 깼다. 땀에 흠뻑 젖었다. 쥐스틴은 침대 머리맡 조명을 켜고 앉았다. 새벽 4시 57분이다.

이게 이번 주에 두 번째다.

악몽이 되살아났다.

쥐스틴은 심장 박동이 진정되기를 천천히 기다렸다. 오늘 밤은 훨씬 더 현실 같았다. 그 사람이 바로 곁에 있는 것 같았다. 그의 목소리가 반복해서 말했다.

쥐스틴, 널 봐! 뭔가 해야 하잖아!

그러고 나서 그 사람은 쓰러졌다.

드디어 쥐스틴은 일어섰다. 방 안에 있는 거울을 외면하면서 부엌으로 갔다. 기계적으로 주전자를 집고, 차를 탔다. 찻잔에 물을 붓고 서서히 피어오르는 김을 바라봤다. 쥐스틴은 생각을 이런 식으로 처리하면 좋겠다는 생각이 들었다. 도움 되는 생각은 우러나게 하고, 악몽으로 변하는 생각은 김으로 만들어 버리기.

쥐스틴은 찻잔에 손대지 않았다. 차차 갈색으로 변하는 차만 뚫어지게 쳐다보며 왜 그 사람 꿈을 다시 꿨는지 생각했다. 개학하면 머릿속에서 지워질 거라고 생각했는데…….

쥐스틴은 눈을 감았다. 왜 다시 악몽이 시작되었는지 알고 싶다. 왜 악몽이 자리 잡았을까. 쥐스틴은 기계적으로 팔꿈치 안쪽을 긁었다. 습진 반점이 마치 침대에서 넘쳐흘러 나온 강처럼 퍼졌다. 눈꺼풀에도 습진이 번졌다. 앞으로 얼마간 안경을 계속 써야 한다. 두꺼운 안경테로 붉은 반점을 가릴 것이다.

쥐스틴은 번뜩 기억이 났다. 그 사람 꿈을 꾼 건 딱 일주일 전이다! 새로 전학 온 자그마한 여학생이 천식 발작을 일으켰던 날이다.

지금 그 여학생의 얼굴이 선명하게 다시 생각났다. 전에 도서관에서는 한 번도 본 적 없었다. 학교에서도 마주친 적 없는 게 확실했다.

여학생은 갑작스럽고 격렬하게 천식 발작을 일으켰다. 도서관에는 사람이 거의 없었다. 독서 클럽에 오는 1학년 로라가 비명을 지르며 알렸다.

"선생니이이이임, 빨리 오세요! 큰일 났어요! 옆에 있는 사람이 숨을 못 쉬어요."

쥐스틴은 손에 들고 있던 잡지 더미를 곧장 내려놓고 만화 코너로 달려갔다. 한 여학생이 천식 발작 특유의 쌕쌕거리는 소리를 내며 빠르고 세차게 헐떡이고 있었다. 얼굴은 창백하고, 눈은 크게 떴다. 여학생은 덜덜 떨리는 손으로 자기 책가방을 가리켰다. 호흡이 점점 거칠어졌다. 쥐스틴은 냉정을 유지했다. 타인에 대해서는 늘 잘 대처한다. 쥐스틴이 책가방을 집어 여학생에게 주자, 책가방 속을 뒤적뒤적 헤쳐서 천식 흡입기를 꺼냈다. 흡입기를 물고서 크게 세 번을 연거푸 들이마시자 호흡이 훨씬 안정되었다. 이어서 두 번 더 들이마시자 호흡이 정상으로 돌아왔다. 그제야 쥐스틴은 괜찮은지 물어볼 수 있었다.

"괜찮아요, 괜찮아요. 원래 이래요."

여학생은 쉰 목소리로 대답했다.

"우리는 아니야. 선생님과 나는 진짜로 무서웠어!"

로라가 말했다.

"진짜 괜찮아요. 걱정 마세요."

쥐스틴은 여학생을 뚫어지게 쳐다봤다. 고운 얼굴이 긴 금발에 둘러싸였고, 눈가가 거무스레해 푸른 눈이 도드라져 보였다. 전학생은 잔뜩 긴장한 것 같았고, 여전히 쌕쌕거리는 숨을 가라앉히려고 애쓰는 게 느껴졌다. 여학생은 불안한 표정으로 자신의 발작을 본 증인들에게 다 멎었다고 좀 더 설득하려는 듯 고개를 끄덕여 보였다.

"진짜로 괜찮은 거야? 양호실에 데려다 달라고 로라에게 말해 줄게."

쥐스틴이 말했다.

"아니에요! 그러지 않으셔도 돼요. 오늘 아침에 지각을 해서 학교까지 뛰어왔어요. 그래서 이렇게 발작이 난 것 같은데, 괜찮아요. 어쨌든 저 가봐야 해요. 수업이 있어요. 양호 선생님에게 말씀하시지 않아도 돼요. 제가 알아서 할게요."

여학생은 더는 말없이 어깨에 책가방을 걸치고서 출입구로 갔다. 로라는 이 일로 얼마나 스트레스를 받았는지 보여 주려는 듯이 입술을 비죽이며 쥐스틴을 쳐다봤다.

"쟤 아니? 새로 전학 온 학생이야?"

쥐스틴이 물었다.

"중2 B반인 것 같은데, 그것 말고는 아는 게 없어요."

로라가 말했다.

쥐스틴은 돌아가 잡지를 정리했다. 쉬는 시간이 될 때까지 그 여학생이 머릿속을 떠나지 않았다. 쌕쌕거리던 숨소리가 여전히 들리는 듯했고, 겁에 질린 얼굴이 떠올랐다. 교무실에서 중2 B반 담임으로부터 전학생의 이름이 '마리나 지루'고, 올해 전학 왔다는 사실을 알게 되었다. 쥐스틴은 이 학생의 천식 발작을 말하려고 했다…….

그러나 마지막 순간에 입을 다물었다.

다시 기억난 그 여학생의 불안에 떠는 눈빛 때문일까? 아니면 이 일로 인해 자신의 어린 시절이 생각났기 때문일까? 중1 때 체육 선생님이 쥐스틴의 팔다리에 줄무늬처럼 난 붉은 반점을 가리키며 말했다.

"빨리 양호실에 가 봐. 내 수업에는 전염 위험이 있는 학생을 둘 수 없어."

쥐스틴은 입을 다물었다. 그러나 되도록 빨리 마리나 지루와 대화를 해야겠다고 마음먹었다. 그런데 마리나가 도서관에 발길을 끊은 지 일주일이 넘어간다.

"그날 밤에 첫 악몽을 꿨어. 그리고 악몽이 이어졌지."

쥐스틴은 큰 소리로 말하면서 입술을 축이기 위해 잔을 집었다.

쥐스틴은 차를 다 마셨다. 그러고 나서 책을 집었다. 쥐스틴은 늘 소설 여러 편을 동시에 읽어서 각 방마다 책을 한 권씩 두는 습관이 있다. 부엌에 있는 책은 성인 소설이다. 서로 아주 다른 두 주인공의 아름다운 사랑 이야기다. 쥐스틴처럼 고통스럽게 헤어진 지 얼마 안 되는 독자라면 눈물이 차오르는 사랑 이야기다. 그러나 오늘 밤에는 마르탱을 생각하지 않는다. 쥐스틴이 책에 집중하지 못하는 것은 마리나 때문이다.

이 십 대 소녀의 얼굴이 이상하게도 기억에 또렷이 남아 있다.

이 아이는 꼭 대화를 해 봐야겠다.

10월 13일
마리나

도서관에 발길을 끊고 싶었는데 망했다.

포레스티에 선생님은 날 금방 찾아냈고, 넌지시 보고 있다.

"저 선생님은 어때?"

에바는 잠시 생각에 잠겼다. 수학과 프랑스어 수업 시간에 내 옆에 앉는 애인데, 나는 얘랑 있는 게 점점 익숙해지기 시작했다. 그러니까 경계심이 좀 풀렸다. 무엇보다 에바가 승마를 좋아해서 수업이 다 끝나도 무척 바쁘다는 사실을 안 뒤로 그렇다. 우리 두 세계는 학교가 끝나면 마주칠 위험이 없다. 딱 내가 바라던 바다.

"어…… 꽤 호감이라고 생각해. 게다가 젊잖아! '인생 필독서'를 추천해 주고, 독서 클럽도 만들면서 여러모로 애들을 도와줘. 근데 우리도 다 아는 도서관 이용법을 다시 설명할 때는 짜증 나. 좀 까다로운 것 같아. 우리가 규정을 딱딱 지키길 바라거든. 근데 그것만 빼면 괜찮아. 좋아. 외모는 별로지만, 상냥해."

나는 소스라쳤다. 사서 선생님이 또 나를 보고 있다는 기분이 들고 에바의 입술을 읽은 게 틀림없다는 생각이 들었다! 그러나 아니었다. 사서 선생님은 묵묵히 자료 분류 설명을 계속하고 있다. 나도 곁눈질로 봤다. 사서 선생님이 젊은 건 맞는데, 옷을 할머니처럼 입는다. 게다가 큼지막한 안경은 정말 어울리지 않는다. 'no life(비사교적인 사람)'처럼 보인다. 이 표현은 사서 선생님이 살았을 법한 과거 시대에 썼음 직한 말이다…….

사서 선생님이 내가 천식 발작을 했다고 양호 선생님에게 말했을까? 그런 것 같지는 않다. 열흘 넘게 아무런 얘기가 없었으니까. 그래서 나는 위험에서 벗어났다고 생각했다.

이제 나만 조심하면 된다. 그날 천식 호흡기를 가져가지 않았더라면 어떻게 됐을까? 나는 반쯤 질식했을 테고 학교에서는 그녀에게 전화를 걸었을 테지. 그녀는 학교에 왔을 거다, 분명.

아닐 수도 있고.

아니면 반대로 왔을지도 모른다.

그러면 모두가 알게 되었을 거다.

"봤어? 꼭 월드컵에 든 것 같아!"

에바가 날 생각에서 끌어냈다. 다행이다. 지난주 발작 사건은 다시 생각하고 싶지 않다. 이제 막 희미해지기 시작했는데.

포레스티에 선생님이 우리에게 책 한 권을 보여 줬다. 큼지막한 안경 너머로 두 눈이 흥분해서 반짝거렸다.

"꽤 오래전에 출간된 미국 작가 레이 브래드버리의 공상 과학 소설 『화씨 451』이야. 너희 중에 몇몇 학생은 이 소설이 영화로 만들어졌다고 하는데, 난 너희가 책으로 읽어 보면 좋겠어! 방화수가 책들을 불태우며

독서를 적대시하는 미래 사회 이야기야. 오싹하지."

"아니, 선생님, 불태우는데 오싹한 게 아니라 뜨거운 거 아니에요?"

포레스티에 선생님은 대꾸하지 않았다. 사뮈엘의 유머가 통하지 않은 것 같다. 사뮈엘은 나를 곁눈질했다. 얘는 그저 날 웃기려고 이런 한심한 소리를 내뱉은 게 분명하다. 녀석의 새로운 놀이다. 교실에서 우스꽝스러운 짓을 하고는 내 입꼬리가 올라가는지 확인하려고 날 쳐다본다.

불쌍한 녀석! 이미 녀석은 졌다. 나는 꿈에서나 웃을 테니까.

아니, 퍽이나 웃겠다.

도서관 수업이 끝났다. 포레스티에 선생님은 우리에게 원하면 책을 빌려주겠다고 했다. 나는 『화씨 451』을 빌리고 싶었지만, 그만뒀다.

"마리나? 5분만 얘기할까?"

사서 선생님의 목소리가 등 뒤에서 울렸다. 곧장 내 심장 박동이 빨라지는 것을 느꼈다.

나는 뒤돌지 않았다. 절대로 돌아보지 않았다.

마침 사뮈엘이 내 앞을 지나가길래 다짜고짜 말했다.

"사아아암! 오늘 오전에 들은 수학 수업 공책 좀 빌려줄래? 끝부분을 필기할 시간이 없었어."

사뮈엘은 1초 동안 입이 헤 벌어졌다. 그러고는 이내 미소 지었다. 입이 가로로 2미터는 벌어진 것 같다.

"당장 줄게! 잠깐만, 원하면 파일도 줄게!"

사뮈엘이 가방을 가지러 가서 나는 사뮈엘을 뒤따라갔다.

사서 선생님은 날 다시 부르지 않았다. 나는 여전히 선생님에게 등을 보이고 있었다. 선생님의 의뭉스러운 눈과 마주치고 싶지 않았다.

사뮈엘은 가방에 들어 있는 것을 바닥에다 쏟았다. 갑자기 수학 파일이 금덩어리라도 되는 듯이 잔뜩 긴장했다. 나는 녀석이 귀찮게 굴어도 내버려 뒀다. 사뮈엘은 내가 자기를 좋아한다고 상상할 것이다.

그렇다고 걱정이 되는 건 아니다. 사뮈엘을 떼어 놓는 건 쉬울 테니까.

하지만 사서 선생님은 얘기가 다르다.

나는 뒤에서 쉴 새 없이 말을 거는 사뮈엘과 함께 도서관을 나왔다. 포레스티에 선생님은 다른 학생에게 신경 쓰고 있었다.

이제부터 나는 다시 투명 인간이 될 것이다. 그리고 계속 투명 인간으로 있을 것이다. 더 이상 실수는 없다.

교문에서 사뮈엘을 따돌리는 데 10분이나 걸렸다. 사뮈엘은 착하지만 좀 둔하다. 나는 서둘러 집으로 돌아갔다. 화요일에는 바니아가 수영장에 갔다가 배고픈 채로 집에 오기 때문이다. 빵과 초콜릿을 사야 한다. 냉장고가 아직도 반쯤 비어 있다. 다행히도 그녀가 숨겨 놓은 비상금을 찾았다. 이건 진짜 비밀이다!

나는 현관에 들어서면서 바니아가 울었다는 걸 알았다.

"참새, 왜 그래? 그녀가 있어? 그녀가 또……."

"아니야. 아빠랑 전화했어. 그래서 운 거야. 아빠가 누나한테 전화해 달래."

난 화가 불쑥 치밀었다.

"전화는 내가 하고 싶으면 해. 넌 눈물이나 닦아! 울 가치도 없어!"

나는 퉁명스럽게 말했다.

"난 슬퍼하지도 못 해? 아빠가 보고 싶단 말이야! 아빠가 여기에 있으면, 엄마가……."

바니아가 소리쳤다.

"바니아, 그 사람은 더는 여기에 없어! 알겠어? 앞으로도 절대 없을 거야. 내가 말했잖아. 그녀가 저렇게 된 건 그 사람 때문이라고! 너 바보야? 그 사람 탓이란 걸 몰라? 그가 우리 삶을 망쳐 놓았잖아! 그녀가 무너진 것도 그 사람 때문이잖아!"

동생은 씩씩거리며 눈물을 닦았다. 그러고는 소리쳤다.

"그렇게 말하는 누나 싫어! 미워!"

동생은 자기 방으로 돌아가 거칠게 문을 닫았다. 난 동생이 침대에 누워서 울 거란 걸 안다. 나는 이를 갈았다. 언젠가 이가 빠질 것이다. 툭! 한꺼번에. 울부짖지 않으려고 어금니를 악무니까.

만약 몇 분 안에 아빠에게 전화를 걸면 이 모든 걸 말할 수 있다. 좀 진정하고 나서 아빠에게 전화를 걸지도 모르겠다.

아니다.

난 아빠가 떠난다고 우리에게 말했던 날을 아주 선명하게 기억한다. 그러니까 내 과거는 완전히 잊지 않았다. 바니아와 나는 부모님이 더는 부부가 아니라는 것을 눈치채고 있었다. 그래서 솔직히 부모님의 이혼을 알았을 때 마음이 가벼워졌다. 부모님의 고함을 듣는 것은 정말로 재미없었으니까!

만약 사람들이 내게 다음에 일어날 일을 설명해 줬다면, 나는 고함을 선택했을 텐데. 그것도 영원히.

"참새. 들어가도 돼?"

나는 동생 방문에 귀를 갖다 대고 물었다.

"내 이름은 바니아야."

이것은 입장 허락이다. 왜냐하면 동생이 아직 내게 말하고 있으니까.

동생과 나는 싸우면 화를 오래 품지 않는다. 그래서 좋다. 둘이서 우리 가족이 더는 하나가 아니라는 충격을 견디고 있다.

나는 방에 들어가 침대 위 동생 옆에 앉았다. 동생은 돌아보지 않고 내게 손을 내밀었다.

나는 그 손을 꼭 쥐었다. 평생 사랑하는 내 동생.

"아빠가 진짜로 안 와?"

동생은 울먹이며 물었다.

"참새…… 우리가 이 얘기는 벌써 만 번은 했어. 부모님이 이혼하는 건 대개 서로 화해하지 않기 때문이야."

"그래도…… 만약 우리가 다시 베르사유로 돌아가면……."

나는 동생이 말하지 못하게 동생 입술에 손가락을 갖다 댔다.

"그녀는 이제 여기서 일해. 그러니까……."

"왜 누나는 늘 엄마라고 안 하고 '그녀'라고 말해? 이제는 사랑하지 않아?"

바니아가 내 말을 뚝 끊으며 말했다.

어렸을 적에는 평생 쓰는 눈물 저장소가 있어서 너무 많이 울면 언젠가 눈물이 영원히 말라 버릴 거라고 생각했다. 잘못 생각했다. 몇 달째 눈물을 몇 리터는 쏟아 낸 것 같은데 내 뺨에 또 흐르는 것을 보면, 눈물 저장소는 전혀 마르지 않는 것 같다.

나는 동생의 말에 눈이 촉촉해졌고, 이런 모습을 보이고 싶지 않아서 고개를 돌렸다.

나를 지킬 갑옷을 꼭 준비해야겠다고 생각했지만, 또 잊어버렸다. 겨우 흐느끼지 않고 말할 수 있을 것 같아서 작게 중얼거렸다.

"그건…… 그건 사랑의 문제가 아니야. 내가 그녀라고 하는 건…… 지금은 그녀이기 때문이야. 예전의 엄마 같지 않으니까. 나도 다시 엄마라고 부를 수 있기를 기다려."

바니아는 아기 새 같은 눈으로 날 빤히 쳐다봤다.

"그래, 이해해."

동생이 진지하게 고개를 끄덕였다.

내 동생은 이제 겨우 열 살이지만, 때로는 삶을 여러 번 산 사람 같은 지혜를 가지고 있다.

거지 같은 삶을 살면 나이를 훨씬 빨리 먹나 보다.

11월 7일
쥐스틴

쥐스틴은 물컵을 채우면서 한숨을 내쉬었다. 부정적인 생각에 휩싸여 또 제대로 자지 못했다. 이번 학년 초는 혼란스럽다.

지난 몇 년 동안 중학교 근무는 행복했다. 계약직이라도 사서라는 직업 덕분에 힘이 났다. 자신과 책들과 학생들 사이의 조화는 언제나 완벽했다. 케미가 완벽하게 좋아서 행복했던 걸까?

그러나 주말에도 일하고 서점을 돌아다니면서 학생들에게 추천할 만한 신간을 사거나, 도서전에 가서 도서관 운영에 도움이 될 만한 아이디어를 가져오던 그 활기찬 모습은 다 어디로 간 걸까?

쥐스틴은 자신에게 물었다. 네 에너지는 다 어디로 간 거야? 왜 우울을 달고 살아? 피곤해서? 잠을 설쳐서? 널 납덩이처럼 짓누르는 게 뭐야?

아니면 마르탱 때문에 아직도 괴로운 거야?

그냥 넌 못생겼어. 누가 널 원할까?

쥐스틴은 그의 목소리를 듣지 않으려고 물컵을 냅다 맞은편 벽에 던졌다. 물컵은 거울에 부딪혀 산산조각 났고, 거울은 벽에서 떨어져야 할지 말지 고민이라도 하는 양 흔들거렸다. 그러나 버텼고 떨어지지는 않았다.

벽에 기대어 천천히 미끄러진 쥐스틴은 바닥에 웅크려 앉았다.

쥐스틴은 눈물을 흘렸다. 맞은편 벽에서 흘러내리는 물과 닮은꼴이었다.

아마 쥐스틴이 여덟아홉 살이었던 것 같다. 방에서 거울을 보며 좋아하고 있었다. 원피스를 입었는데 푸른색이었나, 녹색이었나……. 색깔은 잊어버렸지만, 어쨌든 새 원피스였다. 쥐스틴은 학교 친구 생일 파티에 갈 채비를 하고 거울을 보며 만족해하고 있었는데, 그때 그가 들어왔다.

그런데 왜 그는 사나운 표정으로 쥐스틴을 쳐다봤을까? 왜 소름 끼치게 얼굴을 찌푸리며 웃었을까? 그리고 왜 그는 이렇게 그녀의 팔을 붙잡았을까?

쥐스틴, 널 봐! 넌 못생겼어! 더는 네 낯짝을 못 보게 이 거울을 깨 버려야겠어! 어떻게 나한테 이런 딸이 있을 수 있지? 게다가 넌 딱 네 에미야! 그 여자도 촌스럽지!

그러고 나서…… 어린 쥐스틴은 너무 울어서 더는 아무것도 보지 못했다.

오늘날 어른이 된 쥐스틴은 그가 계속 고래고래 소리를 지르면서 방 밖을 어슬렁거리던 모습이 떠오른다.

술을 마신 날은 늘 그랬다. 쥐스틴은 그날 일을 잊지 못했다. 이어서 길고 긴 시련이 시작되었다. 집에 쥐스틴만 남아 있어서 표적이 되었기 때문이다.

술판이 벌어지고 나면 쥐스틴은 아버지로부터 언어폭력을 당했다. 파괴적이고 잊히지 않는 말들. 아버지가 쥐스틴을 때린 적은 없다.

그러나 한 번도 사랑하지 않았다.

쥐스틴은 슬픔의 흔적을 지우려는 듯이 뺨에 흐르는 눈물을 천천히 닦았다. 그러나 그런다고 슬픔이 없어지지 않는다는 걸 안다. 없애 버리는 것은 불가능하다.

그는 쥐스틴 안에 있다.

그는 지워지지 않는 고랑을 파 놓았다.

그 목소리가 쥐스틴을 붙들고 있다.

그는 쥐스틴을 설득하고야 말았다. 쥐스틴은 영원히 못생겼다. 쥐스틴은 이를 인정하면서 살 방법을 찾았다고 생각했지만, 실은 침몰하는 중이다.

게다가 쥐스틴을 품어 줄 마르탱도 떠났다. 쥐스틴은 마르탱과의 사랑을 방패로 최악의 악몽을 막아 내려고 했는데, 이제 그 사랑도 잃었다는 사실을 받아들여야 한다. 이제는 그의 목소리가 마르탱의 목소리를 대신하고 있다.

쥐스틴은 다시 일어나 빗자루를 잡고 바닥에 깨진 유리 조각을 쓸었다. 체크무늬 잠옷 차림의 자신이 가엾게 느껴졌다. 고작 8시밖에 안 됐는데, 오늘 일요일은 유난히 길 것 같다.

쥐스틴은 중2 수학여행 자료를 다시 읽어야겠다고 생각했다. 베레니스 영어 선생은 학생들을 정기적으로 런던에 데려가는데, 쥐스틴이 인솔 교사로 자원했다. 모든 서류 작성은 쥐스틴이 맡았다. 베레니스 선생은 쥐스틴은 달리 할 일이 없을 것이라고 여겼기 때문이다.

"이것 좀 맡아 줄래요? 그쪽은 챙길 가족이 없잖아요!"

교무실에서 베레니스 선생이 이렇게 말하며 일을 맡겼다.

그래…… 쥐스틴은 언제든지 일할 시간이 있다.

그래서 온종일 집에 틀어박혀 있었다. 원래는 지난달 이후로 보지 못한 모가 어젯밤에 보고 싶다는 문자를 보내, 모의 집에 가서 가볍고 달콤한 시간을 보내려고 했는데.

모, 미안해. 두통이 심해서 다음에 만나자.

쥐스틴은 부엌을 정리하고 나서 이 거짓 문자를 보냈다.

오늘은 우울한 날이 되리라. 쥐스틴은 침대에서 나오지 않을 것이다.

스스로 침몰하게 놔둘 것이다.

쥐스틴의 기억은 부메랑 같다. 기억이 돌아오는 중이다. 모두 다. 전속력으로.

11월 15일
마리나

"저긴 갈 수 없어."

나는 중얼거렸다. 에바가 내 말을 들었다.

"왜?"

에바가 하도 크게 물어서 영어 선생님이 하던 말을 멈췄다.

당연히 모든 눈길이 우리에게 쏠렸다. 내가 극도로 꺼리는 상황이다. 에바는 당황해 고개를 숙였고, 나도 따라 숙였다. 선생님은 다시 말을 이었다.

나는 둥둥거리는 심장을 진정시키기 위해 손을 얹고 천천히 숨 쉬려 애썼다. 머릿속이 뒤죽박죽이었다. 선생님 말이 뚝뚝 끊겨서 들렸다.

"나흘…… 런던…… 해저 터널…… 2학년 겨울 연수 프로그램…… 2월."

더는 끊어진 말을 이어 듣지 못했다. 선생님이 첫 문장을 말했을 때 내 뇌는 리셋을 했나 보다.

"너희 반과 런던에 여행을 가려고 해."

수학여행. 나는 수학여행을 한 번 가 본 적이 있다. 카미유와 함께, 2년 전에. 재밌었다. 그때는 그녀와 그가 있었다. 나는 냉장고 상태를 걱정

할 필요가 없었다. 그리고 집에 돌아오는 엄마를 보는 게 전혀 두렵지 않았다. 그때는 참새를 혼자 놔둬도 가슴이 조이지 않았다.

지금은 생각할 수 없는 일이다.

쉬는 시간에 열띤 토론이 벌어졌다! 모두 몹시 들떠서 여행 얘기를 했다.

"아까 왜 갈 수 없다고 말했어?"

에바가 물었다.

"그게…… 지금 집에 돈이 너무 없거든. 그래서……."

나는 어색하게 얼굴을 찌푸렸다. 에바는 더 묻지 않았다. 착한 애다.

에바에게 완전히 거짓말한 것은 아니다. 나는 비상금도 없다! 그녀는 열흘째 차 상자에 지폐 한 장 넣지 않았다. 저번에는 시리얼을 사려고 내 저금통을 뒤적여야 했다.

다행히도 아빠가 돈을 좀 줬다. 그녀가 말한 대로…….

바니아와 나는 만성절* 방학을 보내려고 베르사유로 돌아가는 게 너무나도 이상했다. 나는 한참을 망설이다가 아빠를 다시 보기로 했다. 결심한 이유는 참새를 아빠와 단둘이 두기 싫었기 때문이다. 참새가 끝내 흔들려서 아빠에게 죄다 말할지도 모르니까. 나는 동생을 잘 안다. 동생은 마음이 너무 약해서 교묘한 질문에 넘어갈 수 있다. 게다가 아빠는 이런 데 능수능란하다. 우리는 진짜로 심문을 당했다. 그러나 바니아와 나는 서로 말하기로 정한 것만 말했다. 아빠는 우리가 말하고 싶은 것밖에

---

* 가톨릭에서 모든 성인을 기리는 대축일로 11월 1일이다. 프랑스에서는 공휴일이다. 프랑스 학교는 만성절 전후로 2주 동안 방학을 갖는데, 학생들은 여행을 가거나 부족한 학업을 보충하기도 한다.

알지 못했다.

카미유를 다시 만나 너무나도 기쁘면서도 동시에 너무나도 괴로웠다. 서로 못 본 지 두 달이나 됐지만, 마치 전날 헤어진 것 같았다. 미친 듯이 웃기도 하고, 서로 말하지 않아도 마음이 통했다.

그러나 카미유에게 진실을 털어놓기는 싫다.

집으로 돌아가기 전날, 나는 엄청나게 무서웠다. 막 자려는데 바니아가 왔다.

"누나, 집에 가고 싶지 않아. 여기…… 아빠랑 있을래."

내 심장 소리가 들리는 듯했다. 심장이 둘로 쪼개질 것 같았다. 이게 바로 내가 가장 두려워한 일이었으니까. 동생과 내가 헤어지는 일.

나는 내색하지 않으려고 애쓰면서 중얼거렸다.

"참새, 네 맘 알아. 근데 그녀 혼자 놔둘 수 없어."

조금 전까지 둥지에서 떨어진 참새 같았던 동생은 갑자기 나이 많은 현자 같은 얼굴로 날 쳐다봤다.

드디어 동생이 입을 열었다.

"맞아. 엄마한테는 우리가 필요해. 누나 말이 맞아. 하지만 언젠가……."

"그래, 참새야, 우리는 날아갈 거야. 걱정 마."

그렇게 우리는 함께 돌아갔다. 다시 거지 같은 삶을 살려고. 더 나빠진 삶으로.

"대박, 여행이라니! 나흘은 짧긴 해도 학교를 벗어나잖아. 그게 어디야?"

사뮈엘은 내 대답을 기다렸다. 지난주에 에바가 사뮈엘을 '내 그림자'라고 별명 붙여서 난 피식 웃고 말았다. 사뮈엘에게 딱 맞는 말이다. 사뮈엘은 쉴 새 없이 날 따라다닌다. 줄기차게 쫓아다니면 내가 넘어갈 줄로 믿고 있다! 녀석은 내 갑옷이 얼마나 두꺼운지 짐작도 못 한다.

"아무래도 난 그 여행은 못 갈 거야."

내 대답은 확고했다. 사뮈엘은 눈살을 찌푸리며 날 보더니 내 말에 고개 끄덕이는 에바를 힐끗 쳐다봤다.

사뮈엘이 울상을 지어서 순간 녀석을 위로해 줄 뻔했다. 그러나 나는 참새만 달래 준다. 위로는 내가 일상에서 맡은 일이다. 사뮈엘은 이유를 알고 싶어 했지만, 나는 더 말하지 않고 자리를 떠났다. 좋은 태도가 아니다. 그러나 나는 이미 여자애도 친구로 사귈 마음이 없기 때문에 더구나 남자친구는 어림없는 소리다.

점심을 먹은 뒤 『화씨 451』을 반납하러 갈 시간이 있었다. 드디어 지난주에 다시 도서관에 갔다. 마음이 약해진 데다, 무엇보다 점심시간에 따뜻한 곳에서 있고 싶었다. 나는 에바를 따라 까치발로 살금살금 들어갔다. 용케 눈에 띄지 않았다…… 아니, 거의 그럴 뻔했다!

"탁월한 선택이야, 마리나!"

책을 대출하자 포레스티에 선생님이 말했다.

선생님은 내 천식 발작은 잊은 게 틀림없다. 어쨌든 더 이상 나를 정체가 궁금한 짐승으로 보지 않는다. 무엇보다 질문도 하지 않는다. 그래서 마음이 놓였고, 도서관에 다닐 수 있게 됐다. 조심스럽게.

오늘 점심은 도서관에 학생들이 거의 없었다. 나는 반납대 위에 빌린 책을 내려놓고 잡지 코너에 갔다.

"안녕, 마리나! 마침 네 생각했는데."

나는 화들짝 놀라 그 자리에 굳어 버렸다. 위험 신호가 막 울리는 듯했다. 나는 곧 일어날 일을 기다렸다.

"브래드버리의 작품 세계가 마음에 들었다면, 20세기 작가 르네 바르자벨*의 소설을 읽어 보는 게 어때? 혹시 『대재난』 읽어 봤니? 공상 과학 소설인데 네가 좋아할 것 같아."

나는 온몸을 덮쳤던 긴장을 풀어내리려고 조심스럽게 숨을 내쉬었다. 선생님은 친절하게 조언하는 것이지만, 날 좀 가만히 내버려 두면 좋겠다.

"그럼 읽어 봐."

포레스티에 선생님은 마치 생각을 읽기라도 한 듯이 내 앞에 책을 두고 갔다. 나는 곧바로 책을 읽기 시작했다. 그래야 눈 들 일이 없으니까. 종이 울렸지만, 나는 책을 내려놓을 줄 몰랐다. 사서 선생님은 한쪽 입꼬리를 씨익 올리면서 『대재난』을 대출해 줬다.

오후 수업 시간 내내 무릎 위에 책을 올려놓고 몰래 읽었다. 바르자벨은 나를 종말 이후의 세계로 이끌었다.

수업 끝나는 종이 울렸을 때, 나는 우리 세상도 이런 '대재난'을 경험하면 좋겠다는 생각이 들었다. 큰 격변이 일어나면 좋겠다…….

무엇보다 그녀가 우리 반 수학여행을 모르게 할 방법을 찾고 싶다. 그

---

* 1911~1985. 프랑스 공상 과학 소설의 선구자이자 시나리오 작가

녀는 수학여행을 가야 한다고 날 들들 볶을지 모른다. 오늘 아침에 영어 선생님이 말한 알림 사항은 거의 잊었는데, 집에 가는 길에 다시 생각났다. 머릿속이 지끈거린다. 전학 온 뒤로 엄마 서명을 꽤 자주 대신했다. 그래서 또 쓰는 것은 어렵지 않다. 저번에 그녀가 학교 얘기를 했을 때난 거짓말을 했고, 중요하지 않은 서류만 내밀어 서명을 받았다.

그녀는 학부모 모임이 있었다는 사실을 꿈에도 모른다.

지금까지는 성공했다. 그녀는 학교에 올 일이 없었다. 쭉 이러면 좋겠다.

나는 큰길을 천천히 걸어 올라갔다. 오늘은 집까지 걸어가고 싶었다. 목요일은 동생보다 아주 일찍 끝나서 집까지 가는 데 시간이 넉넉하다. 머릿속에서 이런저런 생각들이 뒤섞였다. 수학여행도 빨리 처리해야 할 일이지만, 어젯밤에 아빠가 크리스마스 얘기로 문자를 보냈다.

12월 26일에 베르사유에 와라. 엄마한테 허락받고 아빠한테 알려 줄래? 아빠가 문자 보냈는데 네 엄마가 답장을 안 해. 특별한 문제는 없는 거지?

네, 아빠…… 걱정하지 마세요. 다른 일 말고도 아빠 집에서 몇 주 지내는 것은 '문제'가 아니니까. 당연히 그녀는 우리에게 26일에 아빠 집에 보내지 않을 거라고 했다. 우리가 그녀의 '보물들'이기 때문에 그녀에게 훨씬 더 필요하다고 설명했다. 심지어 우리가 아빠 집에 가 있는 동안에는 죽고 싶었다는 말도 덧붙였다.

바니아는 그녀가 이렇게 말할 때마다 짓는 표정으로 날 쳐다봤다. 나는 나중에 동생 방에 가서 그녀가 일부러 부풀려 말한 것이고, 그럴 일은 없다고 이미 백 번이나 했던 말을 다시 했다. 그러나 나는 더 이상 내 말을 못 믿는다. 동생도 그렇게 느끼는 게 틀림없다.

나는 이따금 멍하니 생각에 빠진다. 그래서 길을 가다 그녀를 보고 화들짝 놀랐다. 마치 콘센트에 손가락을 집어넣은 것처럼 말이다. 다시 봤는데, 잘못 본 게 아니었다. 유리창 너머로 그녀가 있었다. 나는 눈에 띄지 않게 천천히 뒷걸음쳐서 지켜봤다.

오후 3시가 다 되었다. 일터는 동네 반대편에 있는데 여기서 뭐 하는 걸까?

머릿속에서 새로운 사이렌이 울렸다. 순간 온몸이 뻣뻣해지면서 입안이 바싹 말라 버렸다.

엄마는 카페에 앉아 있다. 혼자다.

나는 이 사실을 알게 된 게 두렵다.

12월 14일
쥐스틴

쥐스틴은 입구에 꽃 장식을 걸고 뒤로 물러나 감탄했다.

크리스마스가 다가오면 쥐스틴은 늘 도서관을 꾸몄다. 학생들이 조금은 유치한 말을 던지고, 책들이 있는 공간에 축제 분위기가 감도는 것이 좋다.

"포레스티에 선생님, 산타클로스 할아버지가 우리 선물을 여기로 가져올까요?"

늘 우스갯소리를 하고 싶어 하는 중2 B반의 껑다리 사샤가 물었다.

"나는 『전사들』 전권을 받고 싶어!"

엘리엇이 말했다.

"나는 『원피스』 원본을 갖고 싶어."

도서관에 아주 자주 오는 삼총사 중 세 번째 바질이 말했다.

쥐스틴은 빙그레 미소를 지었다. 할 수만 있다면 도서관에 오는 '십대' 독자들 한 명 한 명에게 선물을 주고 싶다.

"선생님은요? 산타클로스에게 어떤 선물을 받고 싶으세요?"

삼총사 중에서 가장 호기심이 많은 엘리엇이 물었다.

"나 대신 정리해 주는 로봇!"

쥐스틴이 대답했다.

쥐스틴은 삼총사끼리 얘기하게 놔두고 자리를 떴다.

12월 25일이 성큼 다가왔다는 생각이 들었다.

그의 죽음 이후로 매년 그랬듯이 쥐스틴과 엠마(엠마의 가족과 함께)는 엄마를 만나러 숨 막히는 아파트에 가서 플라스틱 트리에 모일 것이다.

쥐스틴은 어떤 선물을 받을지 이미 안다. 분명히 n번째 향수병이거나 (형부가 큰 화장품 회사에서 일해 해마다 재고품을 주기 때문이다), 쥐스틴이 싫어하는 베스트셀러 작가의 신작일 것이다(쥐스틴 엄마는 사서라면 책을 읽어야 한다고 생각해 연말 슈퍼마켓에서 진열대 맨 앞에 있는 책을 사 온다).

쥐스틴이 마지막 크리스마스 장식을 달 때, 마리나가 왔다.

"크리스마스 장식을 좋아하시나 봐요! 크리스마스에 관한 책이라도 추천해 주실래요?"

마리나는 최근에 빌린 책을 반납하면서 말했다.

쥐스틴은 마리나가 한 달째 꼬박꼬박 도서관에 올 정도로 자신의 추천 도서들을 좋아해서 기분이 좋다. 지난주에는 둘이 두 문장 이상 대화를 나누기도 했다. 마리나는 바르자벨과 그의 소설들에 푹 빠졌다. 세 번째 책을 다 읽고 가져왔다.

"선생님 말씀이 맞아요. 참 아름다운 사랑 이야기예요."

마리나는 이렇게 말하면서 『시간의 밤』을 반납대에 놓았다.

쥐스틴은 자신의 과거가 겹쳐 보이면서 목이 꽉 죄었다. 15년 전 자신을 보는 것 같았다. 마리나는 그녀다. 거의 그렇다. 이 전학생이 학교에 온 뒤로 십 대였던 쥐스틴이 도서관에 정식으로 나타난 것이다.

그러고는 떠나지 않는다.

이제야 쥐스틴은 최근 악몽에 시달린 이유를 알았다. 자신의 과거가 점점 더 선명하게 떠오르고 있다. 쥐스틴은 과거를 청산한 줄 알았는데, 더러움을 양탄자 밑에 숨기고 감추기만 했을 뿐이란 걸 깨달았다. 그러니까 마리나가 나타나자, 양탄자 한 귀퉁이가 들린 것이다.

"그래, 아주 감동적인 이야기는 시간이 지나도 변함없이 감동적이지. 엘레아와 파이칸은 잊을 수 없어……."

쥐스틴은 『시간의 밤』을 집으면서 말했다.

"근데 그런 사랑은 책에만 있을 뿐이에요."

마리나가 중얼거렸다.

쥐스틴은 뭐라고 대답해야 할지 몰랐다. 그녀의 사랑 이야기도 금세 끝나고 말았으니까. 깊이 사랑했다고 믿던 유일한 시간이었는데. 쥐스틴은 따로 둔 소설을 집어 설명하기 시작했다. 그래야 마르탱 생각을 하지 않을 테니까.

"이번에는 19세기 영국 소설로 과거에 빠져 보는 게 어때? 『제인 에어』는 샬럿 브론테가 쓴 격정적인 사랑 이야기야. 이 작가는 열렬한 사랑을 한 번도 해 본 적 없지만, 당대 최고의 로맨스를 상상할 줄은 알았어. 난 제인 에어와 로체스터 씨 부부는 문학사에서 빼놓을 수 없는 연인이라고 생각해!"

마리나는 책을 집었다. 쥐스틴은 이 소설에 빠져서 미래를 상상하던 자신이 보였다…….

"감사합니다. 다음에는 되도록 사랑 이야기는 빼 주세요."

쥐스틴은 미소를 지으며 고개를 끄덕였다. 그래도 마리나는 쥐스틴을 신뢰한다. 게다가 책 뒤표지를 읽었다. 쥐스틴은 마리나를 훔쳐보면서 눈 밑 다크서클이 얼굴을 뒤덮고 있다는 생각이 들었다. 마리나는 지난주보다 훨씬 더 지쳐 보였다. 쥐스틴은 교무실에서 마리나에 대해 얘기했던 게 다시 생각났다. 중2 B반 담임인 베레니스 선생도 전학생의 피곤한 모습을 알고 있었다.

"저 나이 아이들은 수다를 떨거나, 인터넷 게임을 하느라 말도 안 되게 밤늦게 자잖아요. 내가 좀 알아요. 우리 집 청소년들도 늘 피곤해하거든요! 마리나에게 밤에는 좀 일찍 자라고 충고했어요. 그리고 말하는 김에 마리나 부모님이 2월 수학여행 신청서를 내지 않은 이유를 물었더니 여행 경비가 너무 비싸서 가지 못한다고 하더라고요. 경비 문제는 마리나만 걸리는 게 아닐 텐데. 지원금 신청을 하면 되거든요!"

베레니스 선생이 말했다.

쥐스틴은 고개를 끄덕였다. 지원금은 알아볼 수 있다. 쥐스틴은 늘 이런 종류의 일을 아주 잘한다. 열람실에 앉으려는 마리나에게 다가갔다.

"세브랭 선생님과 런던 수학여행 예산을 좀 더 지원받기 위해 신청서를 작성할 거야. 그러면 모든 학생들이 떠날 수 있을걸? 당연히 네 부모님께도 알릴 거야."

마리나는 소스라치면서 즉각 반응했다. 아주 미세하게 떨었지만, 쥐스틴은 놓치지 않고 봤다. 위험이 보이자 곧바로 껍데기를 닫는 조개처럼 보였다.

마리나는 재빠르게 눈을 돌렸고, 쥐스틴은 이해했다. 게다가 이런 모습은 익숙했다.

"포레스티에 선생님! 입구에 있는 트리 장식을 도와드릴까요?"

카림이 쥐스틴의 대답을 기다렸다. 늘 도와주려고 하는 착한 1학년 남학생이다. 이때 마리나는 일어나 소리없이 출구로 사라졌다.

쥐스틴은 카림을 돌아보며 트리 장식이 가득 든 바구니를 건넸다. 쥐스틴은 마리나가 떠난 빈자리를 바라보며 십 대였던 자신도 똑같이 반응했으리라 생각했다.

무엇보다 눈에 띄지 않기를 바랐으니까.

그래서 올해는 가족과 함께 크리스마스를 보내지 말아야겠다는 생각이 들었다.

꼭 그럴 것이다.

12월 25일
마리나

마리나, 메리 크리스마스.

하트 하트 하트

카미유와 나는 늘 같은 코드로 소통한다. 우리는 이모티콘을 전혀 쓰지 않고 보내고 싶은 이모티콘을 글로 표현한다. 예를 들면 '콧바람을 내뿜는 엄청나게 화난 이모티콘'이라고 쓰면서 서로 웃는다.

그러니까…… 웃었다. 예전에는.

카미유에게 답장을 보냈다.

너도 메리크리스마스.

팍팍 터지는 불꽃

하하하! 축제 모드로……. 아, 축제라니!

나는 그녀가 사 준 내 운동화를 물끄러미 쳐다봤다. 엄청 비싼 운동화다. 전에 가격을 봐서 안다. 이 선물이 트리 밑에서 나를 기다리길래 깜짝 놀랐다! 바니아는 꿈에 그리던 닌텐도 스위치를 받고는 사방을 폴짝폴짝 뛰어다니면서 좋아했다.

나는 두 마음 사이에서 갈등했다.

이렇게 좋아하는 동생을 보니까 나도 좋았다. 그러나 크고 검은 생각이 몰려와 이 순간을 진심으로 즐기지 못했다. 직장을 잃었는데 어떻게 이런 돈을 쓸 수 있을까?

참새는 아직 모르지만, 그녀는 일이 없다. 점점 일찍 집에 오고 있어서 동생도 조만간 알게 될 것이다. 내가 그 카페에서 본 이후로 그녀는 아침마다 출근하듯이 나간다. 그러나 그녀는 거짓말을 하고 있다. 나는 그녀가 없던 날 그녀의 소지품을 뒤졌고, '업무상 과실'로 인한 해고 통지서를 봤다. 어떤 과실인지 짐작이 간다.

집을 나서면 그녀는 거리를 이리저리 돌아다닐 것 같다. 아니면 면접을 보러 갈까? 내가 바라는 바다. 그럴 리가 없겠지만.

무엇보다 그녀를 따라가 봐야겠다는 생각이 든다. 뭘 하나 보려고.

어제 그녀는 선물을 풀다가 울었다. 바니아와 나는 둘이 셀카를 찍어 인쇄한 다음 황금색 액자에 넣어 선물했다. 베르사유에 살 때는 벽마다 가족사진이 걸려 있었는데 이사 온 집에는 한 장도 없기 때문이다. 그녀는 가만히 우리를 꼭 끌어안았다. 트리 장식이 거실을 은은하게 비췄다. 순간 나는 모든 것이 정상으로 돌아갈 수 있다는 생각이 들었다. 우리는 이혼 가정의 남매지만 멋진 크리스마스를 보내려고 한다. 나는 이렇게 믿고 싶었다. 그러나 내 안의 작은 목소리는 크리스마스의 기적은 영화에나 있을 뿐이라고 계속 말했다.

그녀는 요리까지 했다. 진짜 요리였다. 저번에 냉동고에서 꺼낸 것이나 n번째 먹는 인스턴트 수프가 아니었다. 이번에는 달랐다. 그녀는 껍질

이 바삭한 치킨과 으깬 감자 요리를 해 줬다. 디저트까지 나올 때 참새와 나는 의자에서 떨어지는 줄 알았다. 그녀는 오후 내내 우리가 한 가족이었을 때 만들던 크리스마스 케이크를 만들었다.

저녁을 먹고 나서는 참새가 닌텐도를 켜서 다 같이 게임을 했다. 난 '크리스마스야, 다 괜찮아. 스트레스받지 말자'라고 계속 속으로 되뇌었다. 온몸이 긴장되었지만 진심으로 미소까지 지었다. 동생이 만화 영화를 보자며 소파에서 그녀 품에 안겼다. 나는 옆에 있는 폭신한 안락의자에 웅크려 앉아 사서 선생님이 추천해 준 『제인 에어』를 읽었다. 엄청나게 긴장되는 대목을 빨리 읽고 싶었다. 밤에 제인의 방 밖에서 시끄러운 소리와 음산한 웃음소리가 들려오는 대목이다.

저번에 에바는 이런 '구식' 소설을 읽는 나를 보며 놀란 표정을 지었다.

"정말로…… 넌 이런 다른 세기의 책들에서 뭔가를 이해하는 거야? 묘사가 끝이 없고 문장이 열두 줄이나 되는데? '언젠가 당신의 삶은 요란한 회오리바람에 거품으로 시끄럽게 부서지리라…….' 와우!"

에바는 고개 숙여 내 어깨 너머로 한 대목을 읽었다.

"'……당신은 액체 먼지처럼 바위 꼭대기에 날아가거나 세찬 파도에 들려서 보다 잔잔한 흐름 속에 던져지리라.' 나는 여기가 좋아!"

나는 계속 책을 읽으면서 대답했다.

에바는 눈살을 찌푸리며 마치 이런 소설을 읽는 것은 규정에 맞지 않는 듯이 날 쳐다봤다. 나는 나의 '정상적인' 삶과 반대되는 것이 위안이 되고, 제인 에어와 손필드 저택 이야기가 내 거지 같은 삶에서 벗어나는 길이라고 에바에게 설명할 수 없었다. 그러나 사서 선생님은 잘 알았다. 내 일상을 지우개처럼 지워 주는 읽을거리를 줬다. 그 내용은 내 일상과 아주 멀리 떨어져 있다. 나는 이제 쓰지 않는 단어나 다소 좀 어려운 문장까지 다 읽고 이해했다.

'축제'를 망친 것은 전화였다.

내 휴대폰이 밤 10시쯤에 울렸다. 아빠였고, 그녀가 알아챘다. 내가 휴대폰을 바니아에게 건네자, 바니아는 일어나 멀어지면서 '네, 아빠도 메리 크리스마스!'라고 말했기 때문이다. 저녁 시간은 엉망이 될 게 분명했다. 이때부터 내 몸도 긴장해 있었다.

그녀는 창백해졌다. 갑자기 실내 온도가 영하 12도로 내려간 것 같았다. 그녀는 부들부들 떨면서 소파에서 일어났다. 참새가 내 휴대폰을 들고 돌아오자, 그녀는 이성을 잃었다.

12월 24일은 그녀의 날이기 때문에 그가 망칠 수 없다고 소리쳤다. 우리는 그녀의 모든 것이고 그녀는 우리를 사랑한다고 했다. 죽을 만큼. 우리가 그녀를 떠나면 죽음을 선택할 수 있는 것이다. 그래서 그녀를 혼자 두면 안 된다. 절대로!

그녀는 우리를 다시 안으려고 했지만, 바니아와 나는 이미 안전 태세를 취해 우리끼리 그러안았다. 참새는 울면서 귀를 막았고 나는 동생이 슬픔에 휩싸이지 않게 달랬다.

그리고 당연히 다음 일이 벌어졌다. 습관적인 발작. 우리는 이미 넉 달째 겪고 있다.

그녀는 술병을 찾았다. 그녀가 사서 감춰 놓은 술병이었다. 부엌에서 흥분해 이리저리 왔다 갔다 하는 소리가 들렸다. 그러고는 다시 조용해졌다. 참새와 나는 다음에 일어날 일을 기다리지 않고 방으로 도망쳤다.

오늘 아침, 식탁에 유리잔이 없는 걸 보니 그녀는 병째로 술을 마신 것 같다. 빈 병만이 식탁 위에 가로로 누워 있었다. 나는 바니아가 일어나기 전에 부엌을 치웠다. '엉망이군, 엉망이야!' 카미유라면 늘 입에 달고 다니는 이 말을 했을 것이다. 그녀가 마신 것을 보니 어떻게 침대까지 갔는지 모르겠지만, 오늘 아침에는 방에 있다. 나는 그녀가 토했는지, 옷이 어떤 상태인지 보러 가지 않았다.

나는 새 운동화를 정리하고 크리스마스 아침 식사라고 할 수 있는 음식을 준비하고 싶었다. 참새는 닌텐도를 옆에 두고서 자고 싶어 했다. 부엌에 들어올 때도 선물을 들고 왔고, 곧장 그녀가 있는지 물었다.

"누워 있잖아. 우리를 위해 빵이라도 사러 나간 줄 알았어?"

나는 화난 목소리로 말했다.

그릇 앞에 앉은 남동생의 아랫입술이 파르르 떨리기 시작했다. 바로 이 순간, 나는 그녀가 싫다. 그들이 싫다. 둘 다. 그와 그녀. 우리 아빠와 엄마는 우리를 낳기로 결정했지만, 그들의 결정을 끝까지 책임지지 않았다. 마치 무대에서 장막을 올리고 '여러분, 서로 사랑하며 가정을 이룰 때 펼쳐지는 아름다운 삶을 본 적 있나요?'라는 1막만 공연하고, '죄송합니다. 다음 장으로 넘어가겠습니다. 애석하게도 거지 같은 삶입니다'라면서 배경을 바꾼 것 같다.

"누나, 아빠가 보고 싶어. 근데 누나도 들었지? 엄마는 우리가 아빠한 테 가는 걸 싫어해. 엄마를 혼자 두면 어떻게 될까?"

바니아가 중얼거렸다.

12월 25일, 정상적인 가정에서는 선물을 풀어 보며 좋아하지 않나? 식탁이 눈물바다가 될 일은 없다. 나는 턱이 부서질 정도로 어금니를 악물며 눈물을 참았다. 그리고 대답했다.

"참새, 그건 협박이야. 걱정하지 마. 전처럼 아빠 보러 갈 거야. 그녀한 테는 우리가 매일 전화하면 돼. 저번처럼. 그리고 무엇보다 특히……."

"아빠한테는 아무 말도 하지 않을 거야. 나도 알아."

"그녀의 발작이 알려지면 우리는 아빠와 살아야 할 거야. 그러면 그녀가 어떻게 될지 모르겠어……."

나는 말을 마치지 못했다. 그러나 이런 상상이 줄기차게 떠올랐다.

그녀가 부엌 바닥에 있고, 피가 홍건하다. 자신이 한 말을 행동으로 옮긴 것이다. 바니아도 나와 같은 상상을 하는지 모르겠지만 눈을 세게 깜빡이며 덧붙여 말했다.

"술병을 다 버리면 돼. 그러면 발작이 그칠 거야."

"내가 찾아봤어……. 근데 도무지 찾을 수 없는 곳에 꽁꽁 숨겨 놔. 아예 찾을 수 없는 곳만 기가 막히게 잘 알아. 참새, 너도 기억나지? 베르사유에서 부활절 초콜릿*을 찾을 때 얼마나 힘들었는지 말이야."

---

* 유럽에서는 기독교 축일인 부활절 아침에 아이들이 집 곳곳을 돌아다니며 부모가 숨긴 달걀 모양 초콜릿을 찾아 바구니에 담고, 가족과 나눠 먹는 풍습이 있다.

바냐아는 우리 예전 삶에서 좋았던 시간을 떠올릴 때마다 슬픈 미소를 짓는다.

"그녀조차 어디에 숨겼는지 기억나지 않은 적도 있잖아! 네가 네다섯 살이었는데, 사방을 돌아다니면서 찾았어. 그녀가 엄청나게 웃었지. 그리고 아빠도……."

동생은 계속 쥐고 있던 닌텐도를 내려놨다.

"그때 초콜릿은 찾았어?"

동생은 내가 준 요구르트 뚜껑을 열면서 물었다.

"그럼. 내 실수로 너희가 초콜릿을 먹지 못할까 봐 내가 열심히 찾았을 거야!"

그녀가 부엌에 들어오면서 말했다.

그녀의 목소리는 밤새 고함을 친 것처럼 쉬었다. 바냐아는 요구르트 위로 고개를 숙였다. 다시 길을 잃은 참새처럼 보였다.

"얘들아, 미안해."

그녀가 중얼거렸다.

그녀는 부엌 한가운데에서 두 팔을 흔들며 섰다. 샤워했는데도 얼굴에 붉은 자국이 났다. 대체 뭘 베고 잔 걸까.

"부끄럽구나. 너무너무 부끄러워."

그녀가 덧붙였다.

"마리나, 이번에도 네가 알아서 잘했구나. 넌 정말……."

그녀가 안으려고 해서 나는 본능적으로 뒷걸음질 치며 날 지키기 위해 가슴에 두 손을 올렸다.

"넌 대단한 딸이야. 너희는 훌륭한 아이들이야. 난 너희를 잃고 싶지 않아. 제발 날 용서해 줘……."

그녀는 우리가 보는 앞에서 벽에 기대어 주저앉았다. 두 손으로 얼굴을 가리더니 눈물을 터뜨렸다.

엄마, 메리 크리스마스.

오늘 오전, 교무실에서 베레니스 선생이 종이 한 장을 깃발처럼 흔들었다.

"쥐스틴 선생님, 굿 잡! 수학여행 지원금을 받았어요. 정말 대단해요! 이렇게 문제없이 지원을 받다니!"

쥐스틴은 겸손한 표정을 지었지만 기뻤다. 런던에 갈 형편이 안 되었던 테오 베르탱이나 가엘 산체스가 갈 수 있을 것이다. 그리고…….

"마리나 지루의 경우는 알림장으로 어머님께 면담을 요청했어요. 수학여행 건으로 학부모 회의가 있을 때 못 오셨기 때문에 이번 재정 지원을 직접 말씀드리려고요."

베레니스 선생은 마치 쥐스틴의 생각을 읽은 것처럼 덧붙여 말했다.

지루 부인은 학교에 오지 않을 게 거의 확실하지만, 쥐스틴은 고개를 끄덕였다.

"저번에 전화해 봤어요?"

쥐스틴이 물었다.

"네. 휴대폰이 아니라 유선 전화로요. 그런데 아무도 받지 않더라고요."

쥐스틴은 두 번째로 고개를 끄덕였다. 놀랍지 않았다.

쉬는 시간이 끝나고 도서관에 갔을 때, 몇몇 학생이 문 앞에서 기다리고 있었다. 그중에는 마리나 지루도 있었다. 크리스마스 방학 이후에 마리나를 다시 본 건 처음이었다. 전보다 훨씬 지쳐 보였다.

"『제인 에어』는 다 읽었어요."

마리나가 기침을 했다.

"죄송해요. 베르사유에서 감기에 걸렸어요."

"그랬구나, 어땠니?"

쥐스틴은 도서관 문을 열면서 물었다.

"방학요? 아니면 『제인 에어』요?"

마리나는 숨을 좀 헐떡이면서 책을 반납대에 올려놓았다.

쥐스틴은 어깨를 으쓱이며 마리나에게 선택하게 했다.

"방학은…… 뭐, 방학이었어요. 책은…… 가끔 제인 에어를 좀 혼내고 싶었어요. 위대한 사랑을 못 할 뻔했잖아요! 솔직히 몇몇 대목에서는 짜증 났어요."

"그렇구나…… 당시 여성에게는 모든 게 훨씬 더 힘들었지. 게다가 주인공은 삶의 조건이 이미 정해진 환경에서 자랐어. 고아로 외숙모 손에서 구박받으며 자라다가 기숙사에 보내지지. 제인 에어는 자유롭게 자기 생각을 표현할 수도 없었고, 주변 아무도 제인 에어의 말을 들어 주지 않았어. 게다가 이건 시대의 문제가 아니야. 어떤 세기에서 살든 유년기는 지울 수 없는 흔적을 남기고 어른이 되게 만들어."

마리나는 뭔가 하고 싶은 말이 있는 듯 입을 열었다. 그러나 아무 말도 하지 않았다. 그리고 중2 B반 사뮈엘 빌로가 도서관에 머리를 내밀며 마리나에게 급하게 할 말이 있다고 해서 대화가 중단됐다. 마리나는 한숨을 내쉬었다.

"원하면 또 다른 소설을 줄게. 사랑 이야기는 아니고, 무척 열정적인 증언이야……."

쥐스틴이 다정하게 말했다.

"다시 올게요."

마리나는 급히 대답하고 뒤돌아 자신을 기다리는 남자애에게 갔다.

쥐스틴은 책상 뒤로 갔다.

조금 전 유년기에 대해 했던 말을 생각했다. 평생 '잘못 만들어진 채'로 남아 있는 어른도 있다는 말을 덧붙이지 못했다. 다른 도자기처럼 구워지긴 했지만, 감출 수 없는 흠이 있는 도자기처럼 말이다.

도서관에 자주 오는 중2 C반 학생들이 와서 쥐스틴은 다시 기운을 회복했다. 책을 추천해 주고, 대출 도서를 기록하고, 다음 전시에 걸 판넬 얘기를 나눴다. 저녁이 되어서 쥐스틴은 도서관을 닫으려다가 마리나가 반납한 책을 정리하지 않았다는 걸 알았다. 쥐스틴은 잠시 『제인 에어』 몇 장을 훑었다. 마치 자신이 던진 질문의 답을 찾으려는 듯 말이다. 십 대일 때 쥐스틴은 적대적인 세상 한가운데 내던져진 여주인공의 운명을 보며 부르르 떨었던 기억이 난다. 자신도 시련을 통과해 더 나은 미래로 날아가는 상상을 했다.

당시에는 그가 자신의 날개를 부러뜨릴 거라고는 짐작도 못 했다.

『제인 에어』를 제자리에 꽂으면서 쥐스틴은 선반 아래 떨어진 크리스마스 전구를 발견해 주웠다. 한숨을 쉬며 얼마 전 끝난 연휴를 다시 생각했다.

"우리를 피한다고 네 과거가 지워지지 않아. 그리고 엄마는, 엄마 생각은 안 해? 속상해할 텐데?"

두 친구와 크리스마스를 보내겠다는 쥐스틴에게 엠마가 말했다.

"엄마는 괜찮을 거야. 우리가 생각하는 것보다 훨씬 단단하다고! 게다가 언니와 언니 가족이 있잖아. 그러면 됐지!"

쥐스틴이 중얼거렸다.

"24일은 네 친구 모 집에 있을 거지? 오케이. 하지만 25일에는 플라스틱 트리 앞에서 뭘 할 거야?"

"내 트리는 진짜 나무야. 게다가 화분에 심겨 있어. 난 해피엔딩으로 끝나는 크리스마스 소설을 읽을 거야. 그러니까 울지 않을 거라고."

"바보. 넌 내 하나밖에 없는 동생인데, 우리를 버리는 거야?"

엠마가 단호한 말투로 말했다.

쥐스틴은 전화를 끊었지만 그의 목소리가 왕왕 울리며 들려왔다…….

네 언니는 반반하게 생기기라도 했지! 널 봐! 네 낯짝은 보기만 해도 눈이 아파.

'그가 맞았어. 엠마 언니는 늘 나보다 예뻤지. 그래서 늘 자신감이 있었던 거야. 하지만…… 언니는 따따부따 따져가며 자신이 원하는 걸 해. 때로는 도망치는 게 필요해.'

쥐스틴은 생각했다.

쥐스틴은 다시 도서관 문을 닫고 나와 학교 복도를 걸어갔다. 주변에서 들리는 시끌벅적한 소리가 좋다. 오늘 저녁은 쥐스틴도 운동장에 있는 학생들과 함께 소리를 지르고 싶다. 학생들과 어울리면서 멈춰 버린 십 대로 돌아가고 싶다.

버스를 타면서 유리창에 비친 자신을 봤다.

버스 안쪽에서 중학교 남학생이 자신을 보며 손짓했다. 쥐스틴은 그에게 미소를 지었다.

나는 바니아를 기다리고 있다. 월요일 저녁마다 유도장에 동생을 데리러 가야 한다. 그녀는 세 번밖에 가지 않았을 것이다. 동생을 챙기는 것은 언제나 내 몫이다.

동생은 굼떠서 나오는 데 시간이 꽤 걸린다. 유도장은 땀과 고약한 양말 냄새가 진동해서 나는 웬만하면 밖에서 기다린다. 대개 기다리는 동안 생각에 잠긴다.

오늘 저녁은 왕의 갈레트*를 먹는 간식 시간이 있어서 수업이 아직 끝나지 않았다. 나는 동네를 걸으면서 시간을 때우려고 했다. 수많은 질문을 떠올리다가 단 한 가지, 중요한 질문으로 돌아왔다.

'끝없는 우물에 떨어지면, 떨어지는 데 시간이 얼마나 걸릴까?'

어느 시점이 되면 바닥을 치고 싶다. 그래서 최악의 상황은 지나갔다고 생각하고 싶다. 그러면 정상적으로 숨 쉴 수 있고, 누가 날 부르는 소리에 소스라치게 놀라지 않아도 된다. 혹은 담벼락에 몸을 바싹 붙이고 가

---

*프랑스에서는 동방 박사가 예수를 경배하러 온 날을 기념해 1월 6일을 '주현절'이라 부른다. 이날에는 식사 후에 '왕의 갈레트'라는 파이를 먹는다. 이 파이를 만들 때 속에 손톱 크기의 사기 인형을 넣는데, 이 사기 인형이 든 파이 조각을 받은 사람이 그날의 왕이 되어 축하를 받는다.

지 않아도 된다. 아니면 친구들을 우리 집에 초대해도 된다. 집에서 나는 소리에 귀 기울이지 않고 자도 된다. 그녀가 볼세라 알림장 숨기는 일도 그만해도 된다. 더는 동생에게 말하지 말라고 하지 않아도 된다. 다시 웃을 수 있다. 거짓말을 그만할 수 있다. 더는 이불 속에서 울지 않아도 된다.

그리고 더는 두려워하지 않아도 된다. 이런 게 내가 몹시 간절히 바라는 것들이다. 그러니까 위태로운 상황이 벌어질 때마다 식은땀을 흘리거나 손을 벌벌 떠는 일을 멈추고 싶다.

나는 추위에 언 손가락을 호호 불었다. 지난주부터 추워졌다. 더 추워져서 눈까지 오면 좋겠다. 거대한 눈보라가 몰아쳐서 도로가 마비되고, 학교 버스가 움직이지 못하면 좋겠다. 그러면 내 삶이 편해질 텐데.

런던 수학여행을 가는 달이다. 나는 학교에서 인간 레이더처럼 예민하게 군다. 내가 하는 모든 말을 조심한다. 점점 더 경계를 늦출 수 없어서 몸이 녹초가 된다. 최근 이틀 동안은 영어 선생님이 내 알림장에 쓴 글 때문에 밤에 잠을 이루지 못했다. 나는 그녀를 대신해서 알림장에 서명했다. 영어 선생님은 학교에서 면담할 수 있는 시간 세 군데를 표시하게 했는데, 나는 그녀가 도저히 올 수 없는 시간에 표시했다. 월요일 아침 9시 30분. 꿈에라도 올 수 없는 시간이다. 게다가 그날 내 수업은 10시에 시작한다. 나는 한 시간 전에 그녀인 척하면서 학교에 전화를 걸었다. 갑자기 급한 일이 생겨서 다른 면담을…… 전화 면담을 하고 싶다고 했다. 당연히 내 전화번호를 줬다.

나는 그녀의 목소리를 감쪽같이 흉내 낸다. 게다가 입과 수화기 사이에 스카프를 두면 나인지 알 수 없다. 그래서 난 그녀를 대신해 영어 선생님과 얘기했다. 선생님은 전혀 눈치채지 못했다. 나는 모든 말에 '네'라고 말했다.

네, 네, 네, 네.

네, 마리나는 수학여행 갈 거예요. 네, 지원금을 받을 수 있는 증명 서류도 가져갈 거예요. 네, 자기 반을 무척 좋아해요. 네, 애가 좀 내성적이지요. 겁도 좀 많고요. 하하. 네, 잠을 잘 못 자요. 사춘기잖아요. 네, 수학여행은 참 좋은 것 같아요. 네, 새 친구들과 다른 환경에 있어 보면 애한테도 좋을 거예요.

나는 전화를 끊으면서 웃지 않을 수 없었다. 단지 조금. 선생님들은 참 잘 속는다.

이제는 내 작전을 끝까지 성공시켜야 한다.

콧물이 줄줄 나는데 휴지가 한 장도 없다. 아, 싫다! 맞은편 인도에 있는 할머니한테 가서 휴지 한 장을 빌려야 했다. 나는 베르사유에서 감기에 걸렸다. 밖에서 시간을 보냈기 때문이다…….

이번에 아빠 집에서 보낸 시간은 악몽이었다. 우리는 12월 28일에 아빠 집에 갔고, 아빠는 무척 화가 나 있었다. 온종일 불평을 늘어놓았다. 우리는 아빠를 1년에 며칠밖에 보지 못하는데, 정말 너무했다!

아빠는 우리에게 화를 내지는 않았다. 그러나 그녀, 직장, 이웃집 개, 빵집의 더러운 빵, 고용주, 정부…… 등에 화를 냈다. 한마디로 세상 모든 것에 화를 냈다. 나는 아빠에게 금세 질려 버렸다.

나는 온종일 카미유와 밖에서 놀았다.

아빠는 크리스마스 선물로 멋진 패딩을 사 줬다. 고가의 브랜드였다.

"네 신발이랑 패딩 멋지다!"

카미유가 날 보며 말했다.

"그래, 너도 부모님이 이혼하면 이런 보상 선물을 받을 수 있을 거야."

나는 어깨를 으쓱이며 심드렁하게 말했다.

"아, 우리 집은 당장은 그럴 일이 없어."

나는 카미유가 실망하는 표정을 보고 웃었다. 냉소에 가까웠다.

"그건 그렇고 어떻게 지냈어?"

내 친구가 물었다.

나는 사실을 미화해서 말했다. 진짜 일화와 가짜로 지어낸 이야기를 섞었다. 그러니까 정상적인…… 엄마와 사는 정상적인 여중생의 정상적인 삶처럼 보였다. 내 일상을 얘기하고 난 뒤에 우리는 다른 이야깃거리로 넘어갔다. '다른 이야깃거리'는 카미유 학교의 잘생긴 남자애들이다. 카미유는 구구 남친에서 구 남친이 되고, 루카스란 애로 바뀐 다음, 줄리앙이란 애로 바뀐 얘기를 미주알고주알 늘어놓았다. 적어도 카미유와 있으면 모든 것이 가볍다. 그래서 좋다. 이따금 내 정신이 딴 데로, 늘 그녀에게로 날아가도 말이다.

우리는 아빠 집에 있는 동안 매일매일 그녀에게 전화했다. 그리고 돌아가기 전날에는 그녀의 목소리를 들으면서 식은땀이 났다. 이번에는 바니아가 아빠 집에 더 있고 싶어 하지 않았다. 동생과 나는 우리의 거지 같은 삶으로 돌아가는 게 좋은 건 아니다. 그러나 우리는 선택의 여지가 없다. 그녀는 우리에게 선택의 여지를 주지 않는다.

우리는 1월 2일에 돌아갔다. 내가 극도로 싫어하는 게 있는데, 그녀가 기차역 플랫폼에 나와서 우리를 꽉 끌어안는 것이다.

그런데 그녀는 기차역에 우리를 데리러 오지 않았다.

우리를 잊어버렸다. 우리는 30분이나 기다렸고, 전화를 열 번이나 걸었다. 그러나 자동 응답기로 연결되었다. 나는 하는 수 없이 택시를 불렀다. 다행히 아빠가 현금을 두둑하게 줬다.

나는 아파트 문을 여는 데 3분이나 걸릴 정도로 손이 부들부들 떨렸다. 바니아의 얼굴은 납빛처럼 창백했고, 배낭끈을 하도 세게 쥐어서 손마디가 하얘졌다. 우리는 폭발이라도 일으킬까 봐 까치발로 살금살금 들어갔다. 집 안은 캄캄했다. 그녀는 블라인드를 걷지 않았다.

우리는 감히 그녀를 부르지도 못했다. 우리는 주위를 쳐다보지 않고 곧장 그녀 방으로 갔다. 이번 나흘 동안 그녀가 어떤 상태로 지냈는지 보고 싶지 않았지만.

그녀는 방에 있었다. 자세를 보니까 옷 벗을 힘도 없이 침대 위에 풀썩 쓰러진 게 틀림없었다. 우리는 그녀의 거친 숨소리를 듣고 나서야 다시 정상적으로 숨 쉴 수 있었다.

그녀는 자면서 코를 골았다. 게다가 술에 취해 잠들었다.

"누나, 여기! 나 왔어!"

동생이 유도장 앞에서 양팔을 흔들었다. 유도복을 입은 동생은 정말 귀엽다.

"빨리 가자! 패딩 입고! 두 시간이나 기다렸어."

나는 동생에게 손짓하며 소리쳤다.

"알아. 나도 누나 생각했어!"

바니아는 뭉개진 갈레트 조각을 내밀었다.

"고마워! 난 남이 토한 거 참 좋아해!"

나는 우거지상을 지으며 대답했다.

동생이 웃었다. 나는 더러운 케이크를 발견한 것처럼 연기했다. 참새가 조금이라도 웃을 때마다 녀석의 하루가 덜 끔찍할 것이라고 생각한다.

"그녀는 집에 없어?"

참새는 대뜸 심각한 표정을 띠고 물었다.

집에 가는 길에 동생이 나처럼 점점 엄마를 '그녀'라고 자주 부르는 게 느껴졌다.

"있어. 오늘 '맛있는 저녁'을 차려 준대."

바니아는 입맛을 다셨다. 그러나 동생과 나는 그냥 '지어낸 얘기'를 하는 중이다. 엄마가 저녁을 준비하며 행복해하는 집으로 돌아가는 '정상적인' 남매를 연기하고 있다.

현실은 우리가 누구를 만날지 모르겠다. 물론 그녀겠지.

엄마. 우리는 엄마를 못 본 지 오래되었다.

나는 지난 수요일에 그녀를 뒤따라갔다. 대체 온종일 뭘 하는지 궁금했다. 종종 오후 5시가 넘어서 집에 왔기 때문이다. 나는 그녀가 새로운 일자리를 구했기를 바랐다.

그녀는 평소보다 늦게 나갔고, 나는 그날따라 수업이 없었다. 그녀는 내 알림장을 보려고 하지 않기 때문에 수업이 없다는 걸 몰랐다.

문 닫히는 소리가 들리고 나서 난 헐레벌떡 운동화를 신고 그녀를 따라잡았다. 그녀는 트램을 탔고, 나는 그녀 눈에 띄지 않게 맨 뒤 칸에 올라탔다. 그녀는 종점에서 내렸다. 그녀는 하이힐이 아닌 운동화를 신었다.

그러고 나서 오랫동안 걸었다. 목적 없이. 어쨌든 내가 생각했던 대로다.

더는 참지 못하고 집에 돌아가야겠다고 생각할 때, 그녀가 카페 문을 열고 들어갔다. 거기 단골인 게 틀림없었다. 종업원이 인사하고, 그녀가 자리에 앉자마자 잔을 내갔기 때문이다. 당연히 오렌지 주스는 아니었다.

나는 10분 정도 트럭 뒤에 숨어서 포도주를 마시는 그녀를 쳐다봤다. 내가 집으로 돌아갈 때 그녀는 잔을 거의 다 비웠다. 그녀가 집으로 돌아갈 때까지 몇 잔이나 마시는지 모르겠다.

내가 말할 수 있는 건 그녀가 점점 더 일찍 이곳에 오고, 점점 덜 멀쩡해진다는 것이다. 이제 나는 그녀가 술을 마시는 것과, 더는 일하지 않는다는 것을 숨기기 위해 동네 반대편에 가서 몇 시간씩 있다는 걸 안다. 이 시간에 술 마시고 있는 걸 보니 일하지 않는다는 건 분명하다. 시작점은 어디서부터일까?

"태평양 쪽에서 새로운 종류의 거북이가 발견되었대. 그 거북이는 개울에 사는데 한 손에 잡힌대. 등은 헬멧처럼 생겼고, 다른 거북이들보다 훨씬 빠르대."

갑자기 참새가 입을 열었다.

내가 물었다.

"경주용 자동차처럼? 부릉부릉, 다들 비켜요! 나는 헬멧 거북이예요. 작지만 엄청 빨라요!"

바니아는 미소를 지으며 덧붙였다.

"엄마가 책 읽어 줄 때 거북이 연기를 했잖아. 기억나?"

나는 고개를 끄덕였지만, 갑자기 더 얘기하고 싶지 않았다.

바니아는 어렸을 적에 늘 같은 그림책만 읽고 싶어 했다. 방바닥에서 참새를 무릎에 앉힌 그녀가 떠올랐다. 책 읽어 주던 소리가 나지막이 들리는 듯했다.

'옛날에 자기가 다른 거북이들보다 훨씬 빠르다고 생각한 거북이가 살고 있었어. 물론 이 거북이는 배짱도 두둑했지!'

동생이 거북이에게 빠지게 된 게 그때부터라는 확신이 든다.

그러면 그녀는 어릴 적에 어떤 종류의 책을 읽었기에 이 지경에 이른 것일까?

2월 25일

쥐스틴

쥐스틴의 언니는 1월 초부터 여러 차례 전화를 걸었다.

쥐스틴은 1월 1일에 전화를 걸어서 가족과 나누고 싶은 새해 인사를 전했다. 그러나 작년과 달리 엠마는 일주일 후에 다시 전화했다.

그리고 그다음 주와 그다음 주에도……

그때마다 둘은 대화했다.

어젯밤에 엠마는 엄마 얘기를 꺼내며 엄마가 많이 늙었고, 막내딸을 찾는다고 말했다.

"우리는 크리스마스에 네가 보고 싶었어. 이미 말했지만, 또 말해."

쥐스틴은 아무 대답하지 않았다. 언니 목소리를 너무 자주 들어서 좋아졌는지 모르겠지만, 가끔 한 문장에 쥐스틴 마음 깊은 곳에서 작은 빛하나가 반짝 켜진다. '네가 보고 싶었어'가 마음을 울렸다. 심지어 전화를 끊고 다른 일을 해도 말이다.

쥐스틴은 오늘 아침에도 서랍장을 열다가 엠마 생각이 났다. 그리고 서랍 깊숙이 둘둘 말아 넣은 마르탱의 티셔츠가 보였다.

기억이 되살아났다. 통째로. 쥐스틴은 아직도 잊지 못하는 꽃과 나무

향이 동시에 뒤섞인 마르탱의 향기를 맡고 싶어서 티셔츠에 얼굴을 파묻고 싶었다.

그러나 그렇게 하지 않았다.

돌려주려고 쌓아 놓은 옷더미 위에 티셔츠를 올려놓고 서랍장을 거칠게 닫았다.

'네 운명을 슬퍼할 시간이 없어! 넌 나흘 동안 스물여덟 명의 청소년들을 돌봐야 해. 쥐스틴 포레스티에…… 정신 차려.'

쥐스틴은 차를 마시러 부엌에 들어가면서 생각했다.

그리고 다시 힘을 냈다.

런던으로 출발하는 날이다. 나흘 동안 다른 교사 두 명과 중2 B반 학생들과 함께 지내고, 대화하고, 일상을 공유해야 한다. 나흘 동안 인솔 교사로 신경 쓸 게 많아 피곤하겠지만, 이번 여행이 두렵지 않다. 오히려 쥐스틴은 인솔할 학생들만큼이나 흥분했다.

어젯밤에는 모가 문자를 보냈다…….

잘 다녀오고, 저번에 말한 그 선생과 잘해 봐.

쥐스틴은 피식 웃으며 문자를 보냈다.

물론이지, 학생들 앞에서 잘해 볼게!

모는 2주도 훨씬 전에 쥐스틴이 꺼낸 그레구아르 수학 선생 얘기를 잊지 않았다. 교무실에서 수학 선생이 종종 쥐스틴을 슬쩍슬쩍 쳐다보는데 수줍음이 많아 보였다.

'오늘 아침은 좀 정신없네.'

쥐스틴은 생각을 정리하기 위해 고개를 흔들었다.

다행히 여행 가방은 전날에 다 쌌고, 입고 나갈 옷도 방 의자 위에 차곡차곡 정리해 놓았다. 긴 머리는 뒤로 잡아당겨서 질끈 묶고 옷을 입었다. 거울 속 자신의 눈과 마주치며 아파트 문을 닫았다. 이상하지만 이 순간에 머릿속에서 울린 건 그의 목소리가 아니다. 마리나 지루 생각이 났지만, 출발 시간을 허비할까 봐 시선을 돌렸다.

쥐스틴은 계단을 내려가면서 계단 세는 것을 깜빡했다. 여기서 산 지 4년이 넘도록 이 루틴을 빼먹고 아파트를 나선 적은 한 번도 없었는데.

쥐스틴은 버스를 타다가 무의식이 자신에게 메시지를 보낸 게 아닐까 하는 생각이 들었다. 아니면 쥐스틴이 정한 삶의 규칙을 뛰어넘는 중이라고 스스로에게 알리는 방법이었나? 아니면 오늘 하루가 제대로 시작되지 않을 것이라고, 또 다른 일이 있을 것이라고 알리는 신호였을까?

쥐스틴이 도착했을 때 학교 버스는 주차장에 서 있었다. 곧 동료 교사 두 명을 만났다.

"이번에는 학생들이 미리 와 있어요! 벌써 스물두 명이나 왔어요."

베레니스 선생이 쥐스틴에게 인사하면서 말했다.

쥐스틴은 운전사가 열어 놓은 짐칸에다 가방을 실었다. 학생들 대부분은 부모님 차 안에서 졸고 있었다. 여섯 명의 여자애들 무리만 버스 문 앞에서 조잘조잘 떠들었다. 그중에 마리나 지루는 없었다.

쥐스틴이 출석부를 찾아보니 마리나는 오지 않았다.

25분 후, 마리나 혼자만 오지 않았다. 2학년 B반 학생들은 따뜻한 버스 안에 앉아 있었다.

쥐스틴은 종이 한 장을 들고서 주차장으로 뛰어오는 교사를 보며 무슨 일인지 바로 깨달았다.

베레니스 선생이 차에서 내렸다. 쥐스틴은 군데군데 몇 마디를 알아들었다.

"전화 메시지…… 엄마…… 40도 열…… 갈 수 없…… 죄송……."

쥐스틴은 너무 쉽게 믿었다고 자책했다. 예상했어야 했는데.

2월 29일
마리나

"누나아아아?"

"누나아아아, 내 말 들어?"

"마리나 누나아아아, 올해가 윤년인 거 알아? 그래서……."

"조용히 해, 바니아. 나 피곤해."

"알아. 근데 누나는 평소에도……."

"참새, 입 닫아! 네가 말하는 윤년에 관심이 없어! 관심 없다고!"

방에 다시 침묵이 흘렀다. 동생이 훌쩍이는 소리만 들렸다.

나는 어금니를 하도 세게 악물어서 아랫니와 윗니가 붙어 버리는 것 같
았다. 곧 기침을 콜록콜록 자지러지게 했다. 다행이다.

"요즘 누나 정말 싫어."

바니아가 날 쳐다보며 중얼거렸다.

바니아는 울음을 삼킬 때처럼 얼굴을 홱 찌푸렸다. 정말이지 나도 벽에
머리를 박고 싶은 심정이다. 동생 말이 맞다. 나도 내가 싫다.

"참새야. 그러니까 내 말은……."

"내 이름은 바니아야! 바, 니, 아! 누난 우리말도 몰라?"

동생은 내 방문을 세차게 닫으며 나갔다. 그 순간, 마치 미리 짠 듯 현관이 열리는 소리가 났다. 나는 손목시계를 쳐다봤다. 겨우 오후 3시밖에 되지 않았는데, 그녀가 벌써 집에 왔다.

바니아는 그녀에게 뭔가 물어봤고, 그녀는 거의 정상적인 목소리로 대답했다. 어쩌면 우리가 거의 정상적인 저녁을 보낼 가능성이 있다는 것을 의미한다. 그가 전화를 하지 않는다면, 혹은 우리가 그녀를 분통 터지게 할 말을 꺼내지 않는다면 말이다.

바니아와 나는 진짜 줄타기 곡예사가 되기 시작했다. 우리는 항상 절벽에서 외줄타기를 하기 때문에 어디에 발을 놓아야 할지 정확하게 안다. 심지어 피곤해도 말이다. 나는 일어나서 거실을 내다보려다, 이내 도로 눕고 말았다.

나는 피곤한 게 아니라 그보다 더 심하다.

기운이 하나도 없다.

욕구도 없다.

의지도 없다.

텅 빈 상태다. 게다가 아프다.

나는 나흘 동안 방에 틀어박혀 지냈다.

내일이면 내가 빠졌던 수학여행에서 반 아이들이 돌아온다. 나흘 동안 애들은 뭔가 발견하고, 배우고, 대화하고, 우스갯소리를 하고, 놀리고, 웃고, 먹고, 이성 친구를 사귀어 보려고 했을 테고, 잠은 조금밖에 못 잤을 테지.

내가 그 애들과 공통점이 있다면 딱 한 가지, 부족한 잠일 것이다. 기침이 심하게 나서 밤마다 잠을 이루지 못했다. 게다가 나흘 동안 뭔가 하는 척해야 했다. 마치 등교하듯이 아침마다 일어났고, 그녀가 집을 나가면 다시 돌아왔다.

학교 행정부서에서도 전혀 몰랐다. 나는 출발일에 그녀인 척 전화를 걸어 내가 40도의 고열이 나서 갈 수 없다고 알렸다.

당연히 나는 진단서를 제출할 것이다.

물론이다. 여기서 일이 꼬인다. 왜냐하면 내일부터 나 혼자 결석 증거 서류를 구해야 하기 때문이다. 아이고. 증거 서류 만들기는 어려울 것이다. 경우에 따라서는 나흘 동안 한 일을 자세하게 적어야 할 수도 있다. 한 게 아무것도 없는데. 나는 시간을 허비했고, 이 사람들을 저주했다.

먼저 그녀부터. 왜냐하면 이게 다 그녀 때문이니까. 그녀가 오늘의 나를 만들었으니까. 척해야 하는 셈 대로 만들었으니까.

당연히 그도 싫다. 하루아침에 도망쳐 버리고 우리 집을 무너지게 했으니까. 그러고도 잘 살기 때문이다.

바니아도 싫다. 바니아가 있기 때문이다. 나는 동생 때문에 포기할 수가 없다. 우리 둘 다 이 거지 같은 삶을 겪어야 한다. 절대로 동생을 그녀와 같이 있게 둘 수 없다.

집에서의 나흘은 길었다. 휴대폰이 있어도 말이다. 인터넷으로 소통하는 것은 무엇이건 피했다. 나는 죽은 척했다. 동영상을 보고, 좋아하는 시리즈를 시즌 4까지 봤다. 그리고 책을 읽었다. 사서 선생님이 소설 한 권을 추천해 줬다.

"시대를 바꾼 책이야! 제목에서 이미 무척 아름다운 이야기일 것 같지 않니? 로맹 가리는 프랑스 현대 작가인데, 1975년에 이 책을 출간할 때는 가명을 썼어. 게다가 프랑스 최고의 문학상인 공쿠르상까지 받았지. 그리고……."

보름 전에 사서 선생님이 『자기 앞의 생』을 보여 주면서 말했다.

사실 나는 선생님 얘기를 끝까지 듣지 않았다. 포레스티에 선생님은 친절하고, 나도 선생님이 추천해 주는 책들을 좋아한다. 그러나 선생님은 너무 자세히 말하는 경향이 있다. 마치 나를 꼭 설득해야 하는 듯이 말이다! 나는 책 뒤표지를 빠르게 읽고 말했다. '앞날이 창창한 것은 부러울 게 전혀 없고, 행복이란 놈은 구역질 나고 아름다운 쓰레기이자 고약한 것'이라고 생각하는 주인공 모모의 이야기가 마음에 든다고. 왜냐하면 요즘 나도 모모의 생각에 크게 동의하기 때문이다.

"또 사랑 이야기야. 그러나…… 딱 그런 의미는 아니야. 읽으면 알게 될 거야."

포레스티에 선생님이 말했다.

"선생님도 우셨어요?"

나는 기침을 하면서 물었다.

선생님은 대답 대신 미소를 지었다. 선생님이 미소를 지을 때면 예뻐 보일락 말락 한다.

선생님이 골라 준 책을 받아 왔지만 곧장 펼쳐 보지는 않았다. 책 읽을 정신이 아니었다.

수학여행이 있기 전 일주일 동안 스트레스에 시달렸다. 내 작전대로 되지 않을까 봐, 내가 그녀 대신에 서명했다는 사실이 선생님들에게 들통날까 봐 무척 마음을 졸였다. 또 나는 수학여행 비용을 현금으로 미리 냈다. 내가 낼 금액은 크게 줄었지만 그래도 100유로*는 내야 했다(선생님들이 내 돈은 돌려주면 좋겠다. 아빠가 크리스마스 때 준 돈이니까).

나는 의심받지 않을 상황 증거를 많이 심어 놓았다. 일단 기침을 많이 했다(그러나 거짓 연기는 아니었다……). 에바에게는 머리가 아프다고 말했다. 나를 늘 따라다니는 사뮈엘은 수학여행 동안에 '하고 싶은 일'들을 내게 말했다.

"태블릿 PC를 가져가니까 버스에서 같이 영화 볼래? 재밌는 걸로 다운받았어!"

나는 고통스러운 표정을 지으며 고개를 끄덕였다.

진짜로 아팠다. 인솔 선생님이 내가 수학여행에 함께하지 못한다고 알릴 때, 에바가 내 컨디션이 좋지 않았다고 말했길 바란다.

또 『자기 앞의 생』을 반납할 때 포레스티에 선생님의 눈을 피하지 않을 수 있으면 좋겠다. 선생님은 내가 왜 수학여행에 '불참' 했는지 묻기 전에 이 책이 좋았는지부터 물을 게 틀림없다. 늘 내 비평을 아주 진지하게 들어 준다.

나는 선생님의 선택이 탁월하다고 말해야 한다. 음, 선생님 직업은 사

* 한화로 약 13만 원

서니까 항상 책을 읽어서 추천할 책이 무수히 많을 수밖에 없다. 그렇다 해도 선생님이 준 책은 나한테 맞았고, 흥미를 끌지 않은 책은 단 한 권도 없었다. 모모와 로자 부인 이야기는 무척 감동적이었다. 이 소년은 집에서 나흘을 지내는 동안 내 친구가 되어 주었다. 로자 부인이 죽었을 때나도 모모와 함께 그 지하실에 있는 기분이 들었다. 내가 흘린 눈물은그녀 때문이 아니다. 이번만큼은.

나는 선생님에게 이 책을 읽고 느낀 점을 말할 것이다. 그래서 선생님이내게 다른 질문을 하는 건 잊어버리면 좋겠다. 보기 싫은 두꺼운 안경 너머 선생님의 눈을 똑바로 쳐다보는 건 좀 힘들다. 선생님은 (맹인이나 다름없는!) 우리 부모보다 내 생각을 더 잘 읽는 기분이다.

내가 한 시간 넘게 기침하자, 그녀가 내 방에 머리를 내밀며 괜찮은지물었다.

"그냥 그래요."

나는 숨을 색색 쉬면서 대답했다.

"오후 4시에 병원 예약 잡았어. 좀 일찍 들어올게."

모든 게 정상인 것처럼 굴기. 놀란 마음을 보여 주지 않기. 엄마가 아픈 딸을 위해 병원 예약을 하는 것보다 더 당연한 일이 뭐 있겠어? 나는속으로 되뇌었다.

그러나 나는 그녀가 나를 이렇게 생각할 수 있다는 게 믿어지지 않았다.

"준비됐니?"

일어나는데 기침 한 번에 몸이 반으로 접혔다. 다시 고개를 드는데 눈물이 차올랐다. 기침을 심하게 하면 이렇게 된다.

하지만 오랫동안 보지 못했던 사람을 다시 볼 때도 이렇게 된다.

"집에 올 때 저녁으로 피자를 사자. 병원 바로 옆에 피자 트럭이 있어."

엄마는 내가 신발 신는 것을 기다리면서 말했다.

나는 말없이 고개를 끄덕였다. 그녀는 바니아에게 우리가 나가면 문을 잘 닫으라고 큰 소리로 말했다. 엘리베이터에서 그녀는 자기가 옆에 있다는 것을 알리려는 듯이 내 어깨에 손을 올렸다. 나는 눈물을 참으려고 필사적으로 애썼다. 그러나 오래 버티지 못할 것 같다. 그 다정함을 참을 수 없을 것 같다.

다행히도 병원은 우리 집에서 몇백 미터밖에 떨어져 있지 않아 울음을 참을 수 있었다. 그러나 이틀 동안은 '집에서 따뜻하게' 있어야 한다는 의사 선생님 말에 그만 무너지고 말았다. 이번에는 눈물을 참지 못하고 줄줄 흘렸다. 의사 선생님은 내가 극도로 피곤한 상태라서 마음이 힘든 거라고 말했다.

나조차 왜 눈물이 나는지 모르겠다. 엄마가 내 곁에 있기 때문일까? 그녀가 엄마를 너무나도 닮아서 놀랐기 때문일까……. 아니면 진단서를 받아 학교에서 체면이 설 수 있기 때문에? 아니면 의사 선생님이 나를 친절하게 대했기 때문일까?

아니면 거지 같은 내 삶에서 그저 잠깐의 쉼을 경험했기 때문일까?

나는 엄마가 병원비를 내는 동안에도 울었다.

엄마가 약국에 들러 약을 사는 동안에도 울었다.

엄마가 피자를 살 때도 울었다.

그리고 아파트 엘리베이터 안에서도 계속 울었다.

엄마는 내가 울어서 당황하는 것 같았다. 엄마에게 뭔가 얘기해야 하지만 나는 무슨 말도 할 수 없는 상태였다.

나는 세 마디 이상 하지 못하고 침대에 누우러 갔다. 의사 선생님이 서명해 준 이후로 한시도 손에서 놓지 않았던 진단서는 책상 위에 올려놓았다.

엄마가 물과 약을 가져오고 바니아도 내 침대에 다가왔다.

"괜찮아?"

동생이 심각한 얼굴로 작게 물었다.

나는 미소로 동생을 안심시키려고 했다. 동생은 날 쳐다보고, 엄마를 쳐다봤다. 동생도 나처럼 이 장면이 정상적이라고 믿고 싶어 했다.

이어서 동생은 엄마와 함께 나갔다. 두 사람의 목소리가 복도에서 뒤섞여 들렸고, 나는 잠에 빠져들었다.

잠에서 깼을 때 내 방은 희미한 불빛에 잠겨 있었다. 온몸이 땀에 젖어 침대 시트가 축축했다. 나는 물을 마시러 되도록 소리를 내지 않고 방에서 나왔다.

부엌은 아직도 불이 켜져 있었다. 엄마가 식탁에 앉아 있었다. 엄마는 나를 보지 못했지만, 천장등에 엄마 옆모습이 또렷이 보였다. 엄마는 손을 덜덜 떨면서 반쯤 비운 포도주병을 잡았다. 잔에 술을 따르다가 병을 엎었고, 입에서 욕설이 새어 나왔다. 엄마는 행주를 집으러 일어나다 마치 발 밑이 질척이기라도 한 듯 발걸음을 주저했다. 그렇게 비틀거리다가 냉장고에 기댔다. 눈을 감았다가 다시 뜨면서 부엌문 쪽으로 얼굴을 돌렸다.

순간, 우리의 눈이 마주쳤다. 나는 울부짖고 싶었다. 두 눈에서 그 사람을 본 것이다.

나의 엄마는 다시 떠났고, 그 자리에 그녀가 돌아와 있었다.

3월 7일

쥐스틴
/ | \

엠마가 조금 전에 떠났다. 쥐스틴은 여전히 조금 떨고 있다. 그저 조금.

쥐스틴은 여러 번 천천히 숨을 쉬었다. 그러니까 몸이 진정되고 생각을 멈출 수 있었다. 곧이어 기계적으로 부엌 식탁을 치우고 두 찻잔을 씻었다. 쥐스틴은 찻잔 물기를 닦아 제자리에 올려놓았다. 순간 늘 하던 대로 찻잔들 손잡이 방향을 나란히 맞추고 싶었다. 그러나 그만뒀다.

쥐스틴은 복도에 걸린 작은 거울을 봤다. 언니와 쥐스틴 모두 턱 한가운데가 움푹 패어 있다. 아까 엠마가 말해서 생각났다.

"그 사람도 똑같았던 거 기억하지? 그의 트레이드마크잖아."

"그와 우리의 공통점이 이것뿐이면 좋겠어."

쥐스틴이 말했다.

엠마는 말을 멈추고 한쪽을 가리켰다. 쥐스틴이 차마 버리지 못한 마르탱 사진을 발견한 것이다. 엠마는 놀라며 말했다.

"이 사진 여기에 오래 있네? 이 사람…… 어? 네 남……."

"맞아, 옛 남친."

쥐스틴은 일어나 대답하고서 유리창에 붙어 있던 사진을 떼서 옆 선반에 놓았다.

"알았어. 그러면 말하기 힘들겠네?"

"힘들었지. 이제는 다 지난 일이라고 생각하기 시작했어."

이번만큼은 엠마가 특유의 거들먹거리는 표정을 지으며 '네게 연애 조언을 해 줄 수 있어'라고 말하지 않았다. 천천히 고개만 끄덕이며 중얼거렸다.

"저 사람이 없으니까 너무……."

"외롭지 않느냐고? 슬프지 않느냐고? 앞이 깜깜하지 않느냐고? 그랬지. 그런데 언니는 전혀 알아차리지 못했지."

쥐스틴이 말했다.

"쥐스틴, 오해하지 마. 나는…… 모르는 척하려고 한 것뿐이야."

"아니. 언니는 지금도 내가 크리스마스에 안 간 것만 신경 쓰잖아. 그래서 다시 연락하고, 자주 전화하는 거야. 언니가 신경 쓰는 건 크리스마스야. 잘 세워 놓은 질서를 내가 감히 뒤엎고, 크리스마스 연휴 내내 내가 없었던 게 언니 마음에 안 드는 거야!"

엠마는 얼굴이 벌게져서 소리쳤다.

"네가 잘못 생각했어. 내 말은, 늘 내가 먼저 전화하잖아. 네 인생에는 내가 없어. 넌 내 인생에 있고 싶기는 하니? 우리 인생에도? 난 하루하루 늙어 가는 엄마도 생각해……."

"언니는 엄마를 생각해도 돼. 크리스마스 파티를 즐겨도 되고 말이야. 하지만 나한테 언니처럼 하라고 강요하지 마."

쥐스틴은 자신의 목소리가 너무 높아진 것 같다. 쥐스틴이 한 말이 부엌에 남아 있다. 지금 엠마는 얼굴이 훨씬 더 벌게졌다. 식탁 위에 상상의 부스러기가 있는 듯 손으로 쓸었다.

"그래서 넌 연을 끊겠다는 거야? 네 나이 스물아홉에 가족에게 등을 돌리기로 결심했어? 그걸 내가 이해해야 하는 거야?"

엠마가 나지막이 말했다.

마침내 쥐스틴이 대답했다.

"그렇게 간단하지 않아. 일을 꼭 흑백으로 나누지 마. 나는 너무 오랫동안 무거운 가방을 들고 있었다는 생각이 들어. 내가 가방을 내려놓고 숨 좀 다시 쉬게 내버려 둬."

그러자 엠마가 떨리는 목소리로 말했다.

"고통은 네 전유물이 아니야. 쥐스틴, 사람들은 어린 시절의 상처를 있는 힘껏 극복해 내. 나는 내 가족과 내 일이 있어서 앞으로 나아갈 수 있었어. 넌 책으로 도망쳤지. 만약 책으로도 네 인생의 공허를 더는 채울 수 없다면, 그건 내 잘못이 아니야. 엄마의 잘못도 아니고. 우리 탓으로 돌리지 마."

쥐스틴은 웃고 싶은 건지, 아니면 울고 싶은 건지 모르겠다. 지워지지 않는 식탁 위 검은 자국을 뚫어지게 쳐다보면서 들릴락 말락 말했다.

"그러면 그가 다시 한 번 죽어야 해. 내가 언니, 엄마와 함께 있으면…… 그 사람도 거기에 있어. 내 안에."

"쥐스틴, 그런데 왜 지금이야? 그 사람은 죽은 지 5년이나 지났는데, 왜?"

쥐스틴은 침묵했다. 주초에 도서관에 다시 나왔던 마리나 얼굴이 떠올랐다. 마리나는 『자기 앞의 생』을 반납대에 놓으면서 말했다.

"이 책은 말하기가 어려울 것 같아요. 말하다가 울까 봐요."

쥐스틴은 마리나가 짧게 말하는 것도 어렵겠다는 생각이 들었다. 마리나에게 몸은 나아졌는지만 물었다.

"진단서 있어요! 수학여행에 못 간 이유를 학교에 말씀드렸어요."

마리나가 변명했다.

"마리나. 선생님은 의심하는 게 아니야. 그냥 네 건강이 걱정되는 것뿐이야."

쥐스틴이 대답했다.

실수했다. 걱정한다는 말은 어처구니없는 실수였다. 마리나는 휙 돌아서 나갔다. 쫓기는 암사슴처럼 말이다. 뒤돌아보지도 않았다.

쥐스틴은 책상에 남아 있었다. 심장이 쿵쾅거렸다. 오랫동안 품었던 생각이 기억났다. 몇 년 동안 지키던 행동 규칙이었다.

투명 인간으로 있기. 특히 문제를 일으키지 않기. 아무 말도 하지 않기. 못생긴 쥐스틴이라는 부끄러움을 속으로만 간직하기. 아무도 모르게 하기. 눈에 띄지 않게 잔잔하고 투명하게 있기.

더는 말하지 않고, 더는 웃지 않기.

그냥 존재만 하기. 더는 진짜로 살지 않기.

쥐스틴은 고개를 들었다. 엠마의 손이 자신의 손 위에 포개져 있었다.

그제야 쥐스틴이 대답했다.

"왜 지금이냐고? 내 유령을 만났기 때문이야. 내 십 대 때와 똑같은 분신을 봤어. 그 아이가 망가지게 놔두지 않을 거야. 그 애를 도우려면 먼저 나부터 챙겨야 해. 알겠어?"

쥐스틴은 엠마가 이해했는지 모르겠지만, 엠마는 떠나기 전에 쥐스틴을 꼭 끌어안았다.

마리나

오늘 유일하게 좋은 소식은 아빠가 출장을 떠난다는 것이다.

"아빠가 더는 우리를 사랑하지 않는 것 같아."

바니아가 전화를 끊으면서 내게 말했다.

어린 동생에게 어떻게 말해야 할까? 1년에 동생을 며칠밖에 안 보는 아빠인데, 겨울 방학에도 일 핑계로 만나지 않으려는 것을 정상이라고 말해야 할까? 모든 가정이 다 이렇다고 말해야 할까?

게다가 아빠는 '진짜 싫어. 안 가려고 했는데 어쩔 수 없이 마드리드에 가야 해'라는 식으로 양심을 팔았다. 절망하는 아빠 역할을 기가 막히게 연기했다. 그러나 바니아는 아빠를 믿지 않은 지 오래됐다.

나 역시 단 1초도 아빠의 연기에 속지 않는다. 나는 아빠를 잘 안다. 아빠는 항상 여행을 좋아했다. 자기 자식들보다도 더. 틀림없는 사실이다.

아빠는 뻔뻔하게도 속상하다고 말했다! 나한테는 그런 말을 덧붙일 필요가 없는데. 왜냐하면 나도 아빠 집에 가지 않는 게 훨씬 좋기 때문이다.

그녀도 점점 자주 나갔는데, 아빠처럼 스페인은 아니다. 그녀를 혼자 두는 건 생각할 수 없는 일이었다. 어차피 나는 베르사유에 가지 않을 생각이었고 그럴듯한 핑계를 대려고 했다.

"참새, 출장은 중요한 일이야. '죄송한데, 전 안 갈래요. 수영하러 가야 해요'라고 말할 수 없어."

동생은 노인 같은 얼굴로 날 쳐다봤다. 내일 당장 지팡이를 짚고 걸어도 놀라지 않을 것 같다.

"그렇지만 우리는 미리 계획했잖아. 아빠가 우리를 정말로 사랑한다면 알아서 조정할 수 있었을 거야……."

"참새, 이런 일은 사랑과 아무런 상관이 없어. 넌 '엄마'가 더는 우리를 사랑하지 않는 것 같니?"

바니아가 눈을 들어 날 쳐다봤다. 내가 내 단어장에 없는 단어를 쓰니까 놀란 것이다. 바니아는 고개를 오른쪽에서 왼쪽으로 세게 흔들었다.

"그런데 가끔씩 그녀는 보기 싫은 행동을 하잖아. 그치?"

"맞아. 우리가 정말 싫어해도 말이야."

녀석이 심각하게 대답했다.

"그래도 우리는 그녀를 여전히 사랑해. 자, 아빠도 마찬가지야. 아빠는 우리를 배신하지 않을 거야. 걱정 마."

남동생이 보일락 말락 웃었다. 나는 점점 입구가 닫히는 깊은 수렁 밑바닥에 있는데, 어떻게 동생에게 계속 희망을 줄 수 있을까?

"방학하면 거북이 공원에 데려가겠다고 약속해 줄래? 누나가 엄마 허락을 받아 줘."

나는 가짜 미소를 지으며 고개를 끄덕였다. 가짜 미소를 짓는 게 내 트레이드마크가 되고 있다. 나는 정상적인 십 대 소녀처럼 보일 수 있다. 게다가 바니아도 안심시킬 수 있다.

"알았어! 엄청 빠른 네 거북이 보러 가자! 그 캡 모자 거북이!"

동생은 웃음을 터뜨렸다.

"무슨 말이야! 헬멧을 닮았잖아. 캡 모자는 아니지!"

동생은 조잘조잘 설명하기 시작했다. 그러나 내가 흘려듣고 있다는 것은 알아차리지 못했다. 동생은 자기가 좋아하는 이야기를 하면 할수록 우리의 거지 같은 삶을 잊어버린다. 그래서 내가 '척'하는 연기를 해야 동생이 내게 기댈 수 있다.

게다가 나는 이것밖에, 척하는 연기밖에 할 수 없다.

주머니에서 휴대폰이 울렸다. 동시에 바니아를 말려야 했는데, 바니아는 새로운 사진을 보여 주겠다고 태블릿 PC를 찾으러 달려갔다.

대박 뉴스! 겨울 방학에 널 보러 갈 수 있어!!!

행복해서 얼굴이 빨개진 이모티콘

나는 카미유의 문자를 세 번 읽고, 답장을 쓰지 않은 채 휴대폰을 내려놓았다. 어떻게 말해야 할지 몰라서 말이다…….

'카미유, 안 돼. 지금 오면 안 돼. 우리 엄마가 알코올 중독자이고, 더는 일하지 않고, 새로운 일자리도 찾지 않는 걸 내 단짝에게 보여 주기 싫어'라고 말할 수 없는 노릇이다.

'그래, 와서 나와 함께 지내자. 하루하루가 모험이야. 바니아와 나는 그녀가 술을 마시지 않고 멀쩡하게 들어올지 결코 알 수 없거든. 멀쩡하게 들어와도 잘 때 또 술을 마실지 아닐지 알 수가 없어' 라고 말할 수도 없다.

바니아가 태블릿 PC를 들고 달려와 거북이 공원에서 새로 태어난 거북이 사진을 내 코 앞에 갖다 댔다. 동생은 우리 집 안을 지배하는 침묵을 없애 버리려는 듯이 빠르고 크게 말했다. 나는 두 손으로 귀를 막고 싶었다. 닥치라고 소리치고 싶었다. 점점 자주 화가 난다.

"알았어, 참새. 멋있네. 그런데 나 지금 카미유한테 문자 보내야 하거든……."

간신히 참았다. 내 안에서 솟구치던 분노의 파도가 물러나는 것 같다. 점점 더 파도에 쉽게 휩쓸린다. 감정의 밀물과 썰물. 증오와 분노. 극심한 무기력.

바니아는 게임기를 집어 게임기 속 길들일 수 있는 공룡들이 가득한 가상 세계에 빠졌다. 이따금 난 동생 손을 잡고 음악과 색이 가득한 세상에 진짜로 들어가고 싶다.

대신에 나는 카미유에게 문자를 보냈다. 그러니까 마리나, 현실을 똑바로 봐.

눈물을 콸콸 쏟는 이모티콘

눈물에 잠긴 이모티콘

난 벌써 여기서 사귄 친구랑 스키장에 가기로 했어. 카미유, 쏘리.

카미유가 뭐라고 답장을 보낼지 무섭다. 날 거짓말쟁이라고 생각할까 봐 무섭다. 정말이지 휴대폰을 끄고 싶다. 카미유는 가장 믿을 수 있는 친구지만, 자주 문자를 보내서 나를 자꾸 예전의 삶으로 데려가기 때문에 이 관계도 끊고 싶다.

카미유는 거의 유일한 친구이기도 하다. 학교에는 에바가 있지만, 사이가 점점 멀어지고 있다. 다른 삶이었다면 친구가 될 수 있었을 텐데. 에바는 내가 거리를 둬서 지친 것 같았다. 나와 좀 더 친해지려고 여러 번 애썼고, 자기 집에 점심을 먹으러 오라고 초대도 했지만 거절했다. 나는 튼튼한 요새에서 살기 때문에 문을 열어 줄 수가 없다.

사뮈엘도 나를 졸졸 따라다닌다.

오늘 아침에도 말을 걸었다. 내가 벽에 바싹 붙어가는 걸 보니 '비밀 요원'이 딱이라고 말이다. 아니면 전생에 분명히 유령이었을 거라고 했다.

그 말에 오싹 소름이 돋았다. 투명 인간이 되고 싶었는데 오히려 더 눈에 띄고 말았나? 나는 가짜 미소를 꺼냈다. 사뮈엘은 계속해서 나직하게 말했다.

"근데 넌 내 문자에 답장을 잘 안 하더라. 혹시 내가 보내지 않기를 원하면 말해 줘."

갑자기 눈물이 왈칵 솟았다. 너무 싫었다. 눈에 눈물이 차오르는 게 느껴졌다. 이유를 몰랐다. 아니, 알았다. 너무나도 잘 알았다. 나는 살얼음판 위에 살면서 감수성이 예민해진 탓에 누가 내게 친절한 말이나 행동을 하면 울컥하고 만다.

그래, 사뮈엘은 착한 남자애다. 그러나 안 된다. 나한테 사랑 이야기

같은 건 절대 있을 수 없다.

나는 허리를 숙여서 책가방에서 뭔가를 찾는 척했다. 눈을 여러 번 깜빡거렸다. 이제는 남에게 보여 줄 만한 얼굴인 것 같아서 고개를 들었다.

"그런 게 아니야, 사뮈엘. 나는…… 학교가 끝나도 배우는 게 많아서 언제나 시간이……."

자습 감독 선생님이 우리에게 조용히 하라고 손짓해서 대화가 중단되었다. 다행이었다. 그러나 사뮈엘은 날 힐끔힐끔 계속 쳐다봤다. 그리고 이상한 표정을 지었다.

그러니까, 사뮈엘은 봤다.

사뮈엘은 내가 거짓말을 한다는 것을 안다. 내 짐작이 틀림없다.

나는 자습 시간이 끝난 뒤 눈에 띄지 않으려고 도서관에 갔다. 그곳에서 책을 읽으면 내 자신을 잊을 수 있다.

사서 선생님은 나를 잊지 않았다. 엿새 동안 결석하고 나서 (날짜를 감쪽같이 고친 진단서를 들고) 화요일에 다시 학교에 갔을 때, 선생님들은 더 자세히 알려고 하지 않았다. '마리나 지루 XX일부터 XX일까지 결석', 질병 결석으로 인정되었다.

포레스티에 선생님은 책을 들고 오는 나를 보며 무척 놀란 표정을 지었다. 0.5초 동안 눈에서 진짜로 레이저가 나왔다. 이 사서 선생님은 다른 사람들이 보지 못하는 것을 본다. 나는 『자기 앞의 생』을 반납하면서 미리 생각해 둔 문학 얘기를 꺼내는 대신 결석할 수밖에 없었던 사유를 말했다. 포레스티에 선생님은 정말로 날 걱정하는 것 같았다. 마치 뭔가를 의심한 듯 말이다. 순간 공포의 파도가 날 확 덮쳤다. 그래서 냅다 도망쳤다. 어리석고 비정상적인 반응이었다. 스스로 도서관에 발을 끊고, 나를 철창 속에 가둬 버리고 말았다.

그러나 다음 날 영어 수업 시간에 포레스티에 선생님이 직접 왔다. 세브랭 선생님에게 영국 수학여행 발표 수업에 도움될 자료를 가져왔다. 나는 불청객이었다. 나 혼자 말할 게 아무것도 없었다. 그러나 사서 선생님은 그걸 예상했다.

"세브랭 선생님은 네가 발표 수업 대신 다른 방식으로 공부하는 걸 반대하지 않으실 거야. 네 반에서 수학여행 발표 수업을 할 때마다 도서관에 와서 선생님을 도와주지 않을래? 한 시간씩 네 번 오면 될 거야."

나는 긍정도 부정도 하지 않았다. 그저 미소만 지었다. 이번에는 진짜 미소였다.

오늘 오후에 한 시간 동안 포레스티에 선생님을 도와 새로 도착한 도서들을 정리했다. 우리는 내 결석 얘기를 다시 꺼내지 않았다.

나는 선생님이 추천해 준 책 한 권을 받아서 도서관을 나왔다.

"『안네의 일기』를 들어 본 적 있을 거야. 제2차세계대전 중에 나치의 박해를 피해 가족과 함께 숨어서 살 수밖에 없었던 유대인 십 대 소녀의 증언인데, 한번 읽어 봐. 안네는 2년 동안 일기장을 상상의 친구, 키티라고 부르면서 일기를 써. 이 감동적인 증언은 수백만 명의 독자들이 읽었어……."

나는 늘 그랬듯이 듣지 않았다. 표지의 흑백 사진을 쳐다봤다. 한 소녀가 자신감 있는 표정으로 미소 짓고 있었다. 뒤표지를 읽었다.

내가 너에게 다 털어놓을 수 있으면 좋겠어. 아무에게도 털어놓을 수가 없거든. 네가 나의 든든한 버팀목이 되어 주면 좋겠어.

이것 때문에 책을 가져왔다. 단어의 힘을 발견할 수 있을 테니까.

난 벌써 펼쳐서 읽었다. 1942년에 내 나이였고, 거의 침묵하며 살아야 했던 안네를 만났다. 안네는 2년 동안 비좁은 공간에서 살았다. 2년 동안 두려움 속에 살면서 더 나은 미래를 소망했다. 이 증언의 각 문장이 내 마음 속 깊이 와닿았다. 이 이야기의 결말을 알지만, 책을 읽는 동안에는 나도 모르게 안네가 사는 다락방 문이 자유를 향해 열리기를 바랐다.

그저 꿈이지만. 때로는 나 역시 꿈을 갖기도 한다.

쥐스틴

쥐스틴은 도서관에서 쓸 커피와 설탕을 사러 왔다가 중앙 통로에서 그 아이를 봤다. 마리나는 장바구니를 들고서 마리나와 많이 닮은 남자애를 챙겼는데, 남동생인 것 같았다.

쥐스틴은 몸을 숨겼다. 좀 바보 같다는 생각이 들었지만 마리나가 보면 당장에 도망칠 게 뻔했다.

멀리서 보니 소녀는 또래들보다 더 나이 들어 보였다. 쉴 새 없이 말하며 따라오는 남자애에게 이따금 고개를 숙였다. 마리나는 가격 확인용 스캐너를 손에 들고서 아주 집중하는 표정으로 많은 식품에 갖다 댔다.

쥐스틴은 멀리 떨어져서 두 아이를 따라갔다. 남자든 여자든 어른이 나타나 주기를 바랐다. 이해하기 위해서. 그보다 확인하기 위해서.

두 아이는 계산대까지 내내 자기들끼리였다. 마리나는 장바구니에서 식품 다섯 가지를 꺼내고 계산하기 위해 동전 지갑을 열었다. 쌀, 달걀, 참치 캔, 렌즈콩과 사과. 마리나는 가장 싸고 할인하는 것만 골랐다. 정말로 신중한 소비자다. 이 작은 두 아이 바로 옆에 청소년들이 서 있었는데 과자 봉지와 초코바 여러 개, 그리고 탄산음료 팩을 계산대에 올려놓았다. 쥐스틴은 청소년들과 마리나가 또래일 거라는 생각이 들었다⋯⋯. 겉모습만 보면 그랬다.

쥐스틴이 계산하는 동안 소녀와 그 동생을 시야에서 놓쳐 버렸다. 그래서 쥐스틴은 지루 씨네 주소를 확인하기로 했다. 쥐스틴은 마리나를 자기 동네에서 만나 놀랐다. 그러나 놀라운 건 이것뿐이었다. 마리나가 장을 보면서 예산에 딱 맞춰 사려고 하는 어른스러운 행동은 쥐스틴이 처음 봤을 때부터 느낀 그대로였다. 이 학생은 스스로 알아서 했다. 그게 몸에 배어 있다. 그리고 학교 밖에서는 단순한 청소년이 아니었다. 가족을 책임지고 있었다. 거의.

쥐스틴은 마리나 나이였을 때의 자신을 떠올렸다. 엠마는 상급 학교 진학으로 이미 오래전에 집을 떠났다. 쥐스틴은 너무나도 외로웠다. 아버지는 술 취한 세상에서 살았고, 엄마는 인생의 폭풍우에 맞서기 위해 고군분투했다. 쥐스틴은 장 보러 갈 때마다 맥주를 여러 팩 사지 않으면 혼이 났다. 이 심부름을 할 때마다 수치스러웠던 기억이 난다. 다른 삶으로 다시 시작하고 싶어서 얼마나 죽고 싶었는지 모른다. 만약 그때 책이 곁에 없었다면, 정말로 사라졌을지도 모른다.

쥐스틴은 집으로 걸어 올라가면서 한숨을 내쉬었다. 보름이 길다는 듯이 방학에 읽을 책을 두 배로 추천해 달라고 했던 마리나가 다시 생각났다. 쥐스틴은 마리나에게 방학 계획을 묻지 않았다. 마리나는 자신의 가정생활에 관련된 질문은 아예 거부하기 때문이다. 지난 방학 이후로 마리나는 점점 자주 얼굴이 초췌해지고 불안해 보였다. 가끔은 더는 청소년으로 보이지 않았다.

이런 이유 때문에 쥐스틴은 마리나에게 특별히 신경 써서 책을 추천했다. 쥐스틴은 두 사람 사이에 보이지 않는 끈이 끊어지지 않게 잘 유지했다. 마치 두 세계를 잇는 듯한 이 다리 덕분에 마리나는 도서관에 오고, 또 왔다.

쥐스틴은 이번에 희곡 한 편, 두꺼운 공상 과학 소설 두 권과 환상 소설집 한 권을 골랐다. 환상 소설집에는 책갈피를 꽂아 놓았다. 이틀 전에 마리나에게 준비한 책들을 건네면서 책갈피가 쓰레기통으로 가지 않기를 바랐다.

쥐스틴은 버스 타기 직전에 맞은편 길에서 마르탱 뒷모습을 봤다고 생각했다. 그러나 그냥 키가 같고 마르탱에게 잘 어울리던 줄무늬 스웨터를 입은 행인일 뿐이었다. 쥐스틴은 마르탱이 어떻게 떠났는지 다시 생각났다. 그 후로 몇 주 동안 말할 수 없는 고통에 시달렸던 기억도 다시 떠올랐다.

쥐스틴은 한없이 슬펐지만 놀라지 않았다. 어떻게 마르탱이 자기처럼 별 볼 일 없는 여자를 사랑할 수 있는지 도무지 이해가 되지 않아 언젠가 차일 거라고 매일 생각했기 때문이다. 그리고 오늘에서야 쥐스틴 스스로 마르탱에게 어울리지 않는 여자라고 자꾸 생각해서 마르탱이 떠나고 말았다는 걸 깨달았다. 마르탱은 태양 같은 사람인데, 쥐스틴과 쥐스틴의 그림자가 결국 마르탱을 얼어붙게 했다.

쥐스틴은 도서관에 가기 전, 행정부서에 '마리나 지루'의 생활 기록부를 열람하러 갔다. 봄 방학이 시작되어서 그런지 학교가 너무 조용하게 느껴졌다. 쥐스틴은 사방에서 와글거리는 소리가 들리는 게 더 좋다. 청소년들의 재잘거림이 온종일 들릴 때 살아 있는 기분이 든다. 새 행정 주임 플로르 선생이 쥐스틴이 찾는 생활 기록부를 찾아 줬다. 쥐스틴은 마리나 지루의 주소를 틀림없이 적었다. 낯선 주소였다. 유선 전화번호는 최근에 줄이 그어졌고, 06으로 시작하는 새 번호가 적혀 있어서 받아 적었다.

쥐스틴은 도서관에 가서 장 본 물건들을 꺼내 놓고, 너무 오랫동안 방치했던 두 상자에 든 책들을 꺼내 정리했다. 고장 난 복사기도 혼자서 고쳤다. 그리고 스스로에게 상을 주기 위해 아무도 모르게 숨겨 놓은 사탕 상자에 손을 넣어 뒤적였다.

쥐스틴은 달콤함을 느끼며 조카 리나에게 줄 모험 소설 한 권을 골랐다. 방학 첫 주말은 언니 엠마의 집에서 보내기로 했다. 거절할 수 없었다. 쥐스틴은 자신을 가족으로 여기는 이 가족과 48시간을 보낼 생각을 하니 두려웠다. 그러나 이상하게도 동시에 기다려지기도 했다.

쥐스틴은 도서관을 닫을 때 생각이 번득 났다.

도서관 전화기를 들고 마리나 지루의 생활 기록부에서 적은 휴대폰 번호를 꾹꾹 눌렀다.

쥐스틴은 전화 받는 목소리를 듣자마자 알아차렸다.

4월 23일
마리나

나는 간밤에 악몽을 꾸다가 잠에서 깼다. 소리를 지르려고 했지만 입 밖으로 아무 소리도 나지 않았다. 눈을 떴을 때, 내가 침대가 아닌 소파에 있다는 사실을 알아차리는 데 몇 초가 걸렸다.

나는 후닥닥 그녀의 방으로 뛰어갔다. 그러나 침대는 여전히 비어 있었다. 내 휴대폰을 집어 50번째 전화를 걸었다. 전화는 자동 응답기로 연결됐고, 같은 말이 나왔다.

크리스텔 지루입니다. 지금은 전화를 받을 수 없으니 메시지를 남겨 주시면 나중에 전화 드리겠습니다.

나는 음성 메시지를 남기지 않았다. 이미 열 개 정도 남겼다. 시간당 두 개씩. 저녁 7시부터 바니아와 나는 계속해서 전화를 걸었다. 밤이 깊었는데 그녀는 여전히 돌아오지 않았다.

나는 밤 9시에 온 동네를 돌아다녔다. 참새도 나를 따라오려고 했지만 나는 아파트에 남아 있으라고 말했다.

"혹시라도 그녀가 돌아오면 네가 문 열어 주고 나한테도 알려 줘. 알았지?"

"만약에…… 만약에 그녀가 말이야……."

나는 동생의 말을 다 듣지 않았다. 나가는 편이 나았다. 술집들 앞을 지나면서 가슴이 죄었다. 이 중 한 곳에서 발견하기를 바랐지만, 동시에 술 취한 그녀를 집으로 데려가는 일이 없기를 바랐다. 나는 두 시간 가까이 걸었다. 집에 돌아가니 참새가 전화 옆에 앉아 있었다. 녀석은 꼼짝도 하지 않았다. 이 거지 같은 저녁에 가장 마음 아픈 게 이것이다.

나는 그녀가 새벽에 꼭 돌아올 거라고 약속하며 동생을 재우러 갔다. 동생이 완전히 잠들 때까지 아주 오래 동생 곁에 머물렀다. 그러고 나서 휴대폰을 손에 들고 소파에서 밤을 샜다. 그러다가 어느 순간에 잠들었는지 모르겠다.

소스라치면서 잠에서 깬 나는 불안해 죽을 지경이라 제자리를 뱅뱅 맴돌았다. 더 이상 어떻게 해야 할지 몰랐다. 하마터면 아빠에게 전화를 걸 뻔했다…….

내가 왜 아파트 문을 열었는지 모르겠다.

그녀가 투덜거리는 소리를 들었던 것 같다.

순간, 나는 여전히 악몽을 꾸고 있다고 생각했다.

그녀는 우리 집 문 앞 매트에 쓰러져 있었다. 모로 누워 웅크려 있었다. 내가 어깨를 잡자 그녀가 움직였다. 토해서 고약한 냄새가 났다. 나는 기계적으로 행동하기 시작했다. 그녀가 이런 상태일 때 나는 영혼 없이 움직인다. 우선 이웃들이 보면 안 되고, 무엇보다 바니아가 깨면 안 되기 때문에 신속하게 움직여야 한다.

온 힘을 다해 그녀를 아파트 안으로 끌어당겼고, 그녀는 알 수 없는 말로 투덜거렸다. 나는 그녀를 안으로 들여놓아 남들이 못 볼 거란 사실에 안도하며 숨을 내쉬었다. 그리고 양동이에 물을 한가득 채워 와 그녀의 얼굴에 휙 쏟아붓고 싶었다. 그러나 참새에게 아무 소리도 못 듣게 하고 싶었다. 그래서 고무장갑에 차가운 물을 묻혀서 그녀의 얼굴에 갖다댄 채 가만히 그녀를 불렀다.

그녀는 내게 혐오감을 주고, 동시에 끝없는 고통을 줬다. 나는 마음 깊이 그녀를 증오했지만 내 심장은 그녀를 향한 사랑으로 폭발할 지경이었다. 그녀가 내 인생에서 없어지길 원했음에도 불구하고 내가 가진 모든 것을 바쳐서라도 그녀를 지키고 싶었다.

마침내 정신이 든 그녀는 몸을 일으켜 앉으면서 물을 달라고 했다. 거의 물 반 리터를 멈추지 않고 마셨다. 그러고 나서 잠시 멍하니 있었다.

나는 그녀와 마주보고 앉았다. 서로의 발이 거의 맞닿았다.

"네가 겪게 한 일을 생각하면 나는 죽어야 해. 너와 바니아, 너희에게 큰일을 겪게 한 것을 생각하면."

그녀는 소름 끼치는 목소리로 말했다.

나는 그녀에게 말하지 말라고 했다.

"말하고 싶으면 내일 얘기해요. 지금은 씻어요. 침대에 데려다줄게요. 가요."

나는 그녀를 일으켜 세우려고 안간힘을 썼지만, 그녀는 울면서 버텼다.

우리를 잃게 되고 아빠가 우리를 데려갈 거라고 울먹였다. 나는 바니아가 방에서 나왔을 때 소리를 지르고 싶었다. 특히 그녀가 더 크게 울먹이며 동생을 안으려고 할 때 온몸에 소름이 끼쳤다. 나는 동생을 꼭 안으며 내가 알아서 할 테니까 자러 가야 한다고 말했다. 동생은 그녀를 쳐다봤다. 울지 않으려고 할 때처럼 얼굴을 찌푸렸다.

"다친 거야?"

동생은 떨리는 목소리로 물었다.

"나의 아가, 내 사랑 아가들, 절대로 날 버리지 마. 나의 아가들…….
너희마저 날 버리면 난 죽어 버릴 거야……."

그녀는 미친 여자처럼 머리를 흔들면서 큰 소리로 울었다.

갑자기 난 이 장면을 위에서 내려다보는 기분이 들었다. 우리 셋은 불행과 고통에 휩싸여 무너져 내렸다.

우리는 더 내려갈 수 없을 정도로 바닥을 쳤다.

나는 그녀에게 다가갔다. 억지로 내 눈을 똑바로 쳐다보게 했다. 그리고 속삭였다.

"엄마, 지금 엄마는 내가 어렸을 적에 베르사유에서 무서워했던 지하철 부랑자보다 더 나빠요. 우리는 엄마가 창피해요. 어서 일어나요. 날 따라서 욕실로 가요. 술 취한 엄마 입에서 나오는 소리는 더 이상 한마디도 듣고 싶지 않아요."

내 말은 효과가 있었다. 그녀는 입술을 오므렸고, 눈빛에서 두려워하는 기색이 스쳤다. 나는 바니아를 방으로 돌려보낸 뒤 그녀를 욕실까지 겨우겨우 붙들고 가서 샤워를 시켰다.

그녀를 도와야 하는 상황은 이번이 세 번째라 미끄러지지 않게 붙잡는 나만의 노하우가 생겼다. 그리고 나서 그녀는 침대까지 거의 똑바로 걸어가 침대 위에 풀썩 쓰러졌다.

내 방으로 돌아갔을 때 시간이 새벽 3시 20분이었다. 바니아는 잠들었다. 나는 잠들기 전에 그녀가 봄 방학이 시작되는 날 발작을 일으킨 게 우리를 배려해 준 거라는 생각이 들었다. 다음 날 일찍 일어날 필요가 없으니까.

오늘 아침부터 방학이 시작되었다. 나는 냄새가 진동하는 그녀의 옷들을 세탁기에 넣었다. 우리 집 앞 토사물도 치워야 했다. 다행히 아무도 마주치지 않았다.

간단하게 청소를 끝낸 뒤 그녀를 보러 갔다. 침대 시트를 끌어당겨서 다리를 덮어 줬다. 추워 보였다. 그녀는 돈을 아끼기 위해 방에서는 난방을 틀지 않는다. 아빠가 매달 공과금 낼 돈을 보내 주는지 모르겠다. 왜냐하면 시간이 갈수록 엄마가 장 보러 가는 일이 눈에 띄게 줄었기 때문이다. 나는 비상금에서 지폐 한 장을 꺼낼 수 있을 때가 되면 부족한 것을 사러 간다. 그러나 이마저도 점점 어려워지고 있다.

지난달에 그녀는 우리에게 일자리를 잃었다고 털어놨다.

"돈을 벌지 못하면 우리는 어떻게 돼요?"

바니아가 노인의 눈빛으로 물었다.

그녀는 바니아에게 미소를 지었다. 그날 밤은 그녀의 컨디션이 좋았다.

그녀와 있으면 멈추지 않는 롤러코스터를 탄 기분이다. 그러나 얼마 전부터는 계속해서 내려가기만 한다.

"내가 일이 생길 때까지 가만히 팔짱만 끼고 있을 것 같아? 일자리를 알아볼 테니까 걱정 마."

그녀가 말했다.

그럼요. 우리는 전혀 걱정하지 않아요.

그녀는 석 달째 실직 상태이고, 일자리도 더는 알아보는 것 같지 않다.

전속력으로 달리는데 멈추지 못하는 자동차에 탄 기분이다. 참새, 그녀와 나는 벽에 부딪칠 것이다. 별다른 수가 없다.

어떻게 해야 이 죽음의 경주에서 벗어날까? 만약 아빠에게 알리면 아빠는 바니아와 내게 손을 내밀 것이다. 그러나 그녀한테는 아니다……. 만약 학교에서 누군가 뭔가를 알아채면 그녀는 '자녀를 돌볼 수 없는 엄마'로 분류되고 낙인 찍힐 것이다. 뻔하다. 그러면 우리는 그녀 곁을 떠나야 할 것이다. 어떤 결과든 우리는 그녀와 헤어지게 된다. 그녀가 우리에게 누누이 했던 말이다. 그러면 그녀는 죽을 거라고 했다.

게다가 학교에서는 내가 아무리 투명 인간으로 있으려고 애써도 포레스티에 선생님이 날 주시하고 있다. 왜냐하면 어제 내가 엄마 대신 전화를 받았다는 것을 알았기 때문이다. 포레스티에 선생님이 내 휴대폰으로 전화했고, 나는 학교 전화번호인 것을 알고 받았다. 포레스티에 선생님이 어떻게 알았는지 모르겠지만, 나인 줄 금방 알아차렸다. 나는 엄마가 전화 받을 때처럼 '네, 여보세요. 크리스텔 지루입니다'라고 신경 써서 말했다. 그러나 포레스티에 선생님은 바로 대꾸했다.

"마리나? 너구나? 쥐스틴 포레스티에 선생님이야. 도서관 사서 선생님. 어머님 좀 바꿔줄래?"

나는 '선생님, 제가 마리나의 엄마인데, 무슨 일이신가요?'라고 재차 말했다. 그러나 통하지 않았다. 선생님은 슈퍼히어로처럼 바이오닉 귀를 가졌나 보다. 아니면 내 컨디션이 별로였던 것 같다. 입과 수화기 사이에 스카프를 대는 것도 깜빡 잊었으니 말이다. 선생님은 내 말을 믿지 않았다. 그래서 이렇게 말했다.

"마리나, 어머님 좀……."

나는 전화를 끊어 버렸다.

그리고 휴대폰 전원도 껐다. 어젯밤에 그녀가 돌아오지 않았을 때에야 다시 켰다.

나는 우유 한 사발을 마시면서 포레스티에 선생님이 준 책들 중 한 권을 쳐다봤다. 모파상의 환상 소설집이다.

왜 선생님은 소설책을 빌려주는 것으로 그치지 않는 걸까? 왜 나에 대해서 알려고 하지? 화가 치밀었다. 엄마 대신에 전화를 받은 사실을 어떻게 해명하지?

"엄마는 괜찮아?"

방금 전 침대에서 나온 참새의 말에 펄쩍 놀랐다.

"지금은 자."

나는 하품을 하면서 말했다.

"아빠한테 말하자. 아빠한테 말하고 싶어."

바니아가 말했다.

나는 온 힘을 다해 어금니를 악물었다. 모파상의 책 표지를 뚫어지게 쳐다봤다. '환상'이란 글자가 눈앞에서 깜빡거렸다. 마치 내 삶은 절대로 환상이 아니라고 상기시켜 주는 듯이.

"내 말 들어?"

바니아가 말했다.

나는 말하지 않았다. 동생은 내가 제대로 대답하지 않으면 못 견딘다.

"아빠한테 다 말하자."

동생은 재차 말했다.

마침내 눈을 들어 동생을 쳐다봤다. 내가 이상하게 쳐다봤는지 동생이 뒷걸음질을 쳤다.

"네가 사랑하는 아빠가 알면 어떻게 할까? 우리를 베르사유에 데려가 겠지. 그러면 그녀는…… 여기서 죽게 내버려 둘 거야. 바니아, 너도 나만 큼이나 잘 알잖아. 그녀가 어떻게 할지."

나는 마지막 말을 내뱉고 말았다.

동생은 얼굴을 돌렸다. 이 진실을 못 견딘다.

나는 포레스티에 선생님이 빌려준 책을 펼쳤다가 다시 덮었다. 아빠가 보내 준 기차표가 생각났다. 우리는 다음 주에 가기로 했다. 카미유가 날 애타게 기다리고 있다.

친구가 날 계속 오래 기다린다고 생각하니 죽고 싶어진다.

5월 8일
쥐스틴

쥐스틴은 아직도 놀라웠다. 메시지함을 눌러 그 문자를 열 번 읽은 뒤 손가락을 뗐다.

내 얘기를 들을 마음이 아직 남아 있다면 난 말할 준비가 되어 있어.

심장이 너무 세차게 뛰어서 진정되지 않았다.

마르탱이 자주 했던 말이다.

'난 너에 대해 다 알고 싶어. 말해 줘.'

쥐스틴은 마르탱이 이렇게 압박할 때가 싫었다. 그럴 때면 아무도 들어오지 못하게 자기 세계에 틀어박혀서 사라지고 싶었다. 마르탱이 그만 질문하도록 잠시 투명 인간이 되고 싶었다. 마르탱은 쥐스틴이 스스로 드러내고, 내려놓길 바랐다. 그러나 쥐스틴은 과거의 자신이 새어 나오지 못하도록 꽁꽁 틀어막았다. 반대로 마르탱이 쥐스틴의 과거를 알려고 하면 할수록 쥐스틴은 자신의 기억을 깊숙이 숨겼다.

끝내 마르탱은 지쳐 버렸다. 고슴도치 같은 여자를 사랑하는 것은 어려운 일이다.

마르탱은 7월 어느 아침에 떠났다.

쥐스틴은 마르탱이 떠난 후 몇 시간 동안 울었던 기억이 난다. 그러나 마르탱을 붙잡으려고 하지 않았다. 그 당시 쥐스틴은 행복을 믿을 수가 없었다.

그렇다면 지금은 좀 더 믿을 수 있을까? 쥐스틴은 정말 모르겠다.

무엇보다 후회는 그만하며 살고 싶다. 이 생각은 이번 주말에 들었다. 언니 집에서 이틀을 보내며 생각을 정리할 수 있었다. 그래서 쥐스틴 자신의 삶을 좀 더 분명히 이해하기 시작했다. 그리고 또 다른 쥐스틴 포레스티에에게도 손을 내밀 수 있었다. 이 쥐스틴 포레스티에는 몇 달 전부터 아주 서서히 나타나기 시작해 악몽에, 그리고 자꾸 되살아나는 그의 목소리에 점점 더 맞서며 싸우고 있다. 그는 괴롭히기를 정말 멈추지 않을 듯했다.

쥐스틴은 방학 초에 엠마와 나눴던 긴 대화를 다시 생각했다. 쥐스틴은 넓은 거실 소파에서 언니 바로 옆에 앉았다. 두 자매밖에 없었다. 엠마의 남편과 아이들은 이제 시간이 된 듯이…… 자리를 피해 줘야 하는 것처럼 나갔다.

그는 두 자매에게 가장 중요한 화제였다. 거의 단 하나의 화제였다. 두 자매는 그를 영원히 묻기 위해서 마지막으로 다시 살려 내야 했다.

그날 밤 엠마가 말했다.

"쥐스틴, 너는 아주 고통스러운 시기를 통과하고 있어. 넌 제대로 숨쉬기 위해 나와 엄마를 떠나야 한다고 말했지. 그때 네게 이 말을 하고 싶었어. 그는 우리 모두를 괴롭혔어……."

쥐스틴은 고개를 숙였다. 양탄자에 있는 붉은 모양을 뚫어지게 쳐다봤다. 최면을 거는 듯한 소용돌이 모양에 눈길이 갔다.

엠마는 담담한 목소리로 계속 말했다.

"그는 절대 아무도 사랑하지 않았어. 사람의 심장이 없었던 것 같아. 술을 마시면 증오가 열 배로 커졌지. 나한테 만날 뭐라고 말했는지 알아? '넌 네 몸뚱이와 엉덩이로 벌어먹고 살 수 있을 거야! 머리는 해파리 아이큐니까!'라고 했어. 당시에 넌 어렸기 때문에 그가 한 말을 잊었을 거야. 우리는 여덟 살 차이라서 같이 겪은 기억이 없지."

엠마는 몇 초 동안 입을 다물었다. 쥐스틴은 고개를 들지 않고 언니 손 위에 자신의 손을 올려놓았다. 언니는 차갑게 얼어붙어 있었다.

"그는 계속해서 날 집요하게 괴롭혔어. 내가 왜 그렇게 일찍 집을 도망쳤는지 알아? 그 사람에게 내 '엉덩이'가 아닌 내 두뇌로 성공할 수 있다는 것을 보여 주려고 기를 쓰며 공부한 거야. 그래서 학위를 계속 땄고, 나의 가치를 높여 주는 일을 하려고 미친 듯이 달렸어. 너는 책으로 도망쳤지……."

"그러면…… 엄마는…… 왜 우리가 그렇게 상처를 입는데도 가만히 있었던 거야?"

쥐스틴 말에 엠마는 잠시 머뭇거리다가 중얼거렸다.

"글쎄. 두려움? 의무? 허울뿐인 사랑? 모든 게 제대로 작동하지 않아도 부부가 평생 같이 사는 가정도 많아……."

쥐스틴은 엠마의 손을 꽉 쥐었고 엠마는 쥐스틴의 어깨에 기댔다.

두 자매가 아주 오랫동안 나누지 못한 정다운 몸짓이었다. 그리고 두 자매는 시간의 흐름을 거슬러 올라갔고, 함께 울었다. 많이. 잊었던 기억들을 떠올렸다. 마음속에 묻어 뒀던 이야기를 모두 꺼내서 골라내고, 분류했다. 쥐스틴은 늘 정리벽이 있었다. 정리할 게 있으면 정리할 줄 알았다. 두 자매는 이번에는 서로 마음속 이야기를 다 말했는지 확인했다.

쥐스틴은 새벽에 침대로 돌아가면서 레바논 시인, 칼릴 지브란의 『모래와 거품』에서 읽은 이 격언이 떠올랐다.

아무도 밤의 길을 통과하지 않고는 새벽에 다다를 수 없다……

쥐스틴은 이 말의 아름다움을 뒤늦게 깨달았다. 이 말을 이해하는 데 시간이 필요했다. 어린 시절의 상처는 지워지지 않는다. 대신 상처가 낫도록 행동할 수 있다.

월요일에 집에 돌아온 쥐스틴은 녹초가 되었다. 엠마와 나눈 대화를 생각하고 또 생각했다. 그리고 쉴 새 없이 돌아가는 뇌를 진정시키기 위해 시간과 공간을 정리할 필요가 있었다.

쥐스틴은 옷장을 정리했다. 계속해서 골라냈다. 마르탱이 싫어했던 펑퍼짐한 원피스들을 치웠다. 쥐스틴이 옷으로 몸을 가린다고 지적했던 마르탱 말이 맞았다. 쥐스틴은 상자 하나를 가져와 형태가 흐트러진 낡은 스웨터 두 장과 유행이 지난 바지 두 장을 넣었다.

그리고 책장을 정리했다.

마리나에게 줄 소설 한 권은 학교에 잊지 않고 가져가기 위해서 부엌 선반에 올려놓았다.

쥐스틴 기준에서 꼭 읽어야 하는 추리 소설은 『노란 방의 미스터리』다. 1907년에 출간되었지만 작가 가스통 르루는 모든 세대가 읽을 수 있게 시대를 초월한 이야기를 썼다. 수차례 각색된 이 추리 소설의 영화를 곧 학교에서 중2들에게 보여 줄 예정이었다.

방학이지만 쥐스틴은 마리나 생각이 많이 났다. 보름 전에 마리나 엄마의 전화번호로 전화를 걸었다가 마리나가 받았을 때 놀라지 않았다. 오히려 미심쩍던 사실을 확인했다. 마리나는 학교에 집 연락처를 결코 내지 않았고, 행정부서의 의심을 피하려고 늘 둘러댔다. 쥐스틴은 전화가 끊긴 뒤 문자를 보냈지만, 마리나는 답장을 보내지 않았다. 쥐스틴은 마리나가 생활 기록부에 적힌 주소에 정말로 사는지 알아보러 가지 않았다. 그냥 마리나가 사는 동네와 학교 사이에 있는 길만 확인했다.

쥐스틴은 내일부터 도서관을 빨리 열고 싶다. 다시 사서의 삶을 살고 싶다. 다가오는 봄과 발을 맞추는 기분이 든다. 구름 너머로 해가 떠서 기분이 좋다.

쥐스틴은 마리나의 상태도 알고 싶다. 그러나 인내심을 가져야 할 것이다. 무엇보다 일을 서두르면 안 된다.

오늘 아침, 쥐스틴은 욕실에 들어가 평소보다 오랫동안 거울을 봤다. 머리를 묶지 않기로 결심했다. 잔머리를 정리하는 머리핀도 꽂지 않을 것이다. 머리카락들이 알아서 살게 놔둘 것이다.

쥐스틴은 변화를 원한다.

5월 8일

마리나

이번 주에 너랑 지내서 정말 좋았어. 다음 방학 때 보자!

시간이 빨리 지나길 바라는 이모티콘

기차는 전속력으로 달렸다. 바깥 풍경을 볼 여유는 없었다. 바니아가 내 어깨에 머리를 대고 잠들어서 움직일 수 없었다. 바니아는 잠들기 전에 앞으로 다시는 베르사유에 가지 않을 거라고 스무 번이나 말했다. 내가 안 된다고 말리기라도 할까 봐!

나는 헤드폰으로 〈Long time ago〉를 계속 들었다. 카미유와 많이 듣던 노래다. 나를 거지 같은 삶으로 데려가는 이 기차 안에서 들으니 울적하다. 마음이 무겁다. 아니, 이 표현은 바보 같다. 내 마음은 무겁지 않다. 오히려 크기가 줄어든 것 같다.

당연하다. 내 마음 속에 사랑하는 사람들이 점점 줄고 있기 때문이다.

그러니까 우리 가족은 거의 없다고 보면 된다.

그녀는…… 그녀는 우리와 같이 살아도 눈에 띄게 멀리 있다.

나의 아빠는 끝났다. 우리에게 한 짓을 보면, 아빠는 우리를 다시 볼 생각이 없다.

이번에 베르사유에서 닷새를 지내며 우리가 여전히 바라던 시절은 끝났다는 걸 깨달았다. 바니아에게 아빠가 돌아올 것이란 희망을 없애 버리려고 노력했어도, 한편으로는 아빠가 돌아오는 게 엄마를 구할 유일한 방법이라고 생각했다.

아빠는 지루 씨 부부가 이미 과거가 됐다는 사실을 똑똑히 보여 줬다. 끝났다. 피니쉬. 결혼은 쓰레기통에 버려졌다. 아빠는 부인을 버리고 새 여자로 바꿨다. 그리고 뻔뻔하게도 그 여자를 우리에게 소개했다!

내가 얼마나 실망하고 베르사유에 간 것을 후회했는지 표현할 길이 없다. 게다가 그녀를 우리 없이 지내게 놔두고 싶지 않았다.

하지만…… 나는 그녀를 믿고 싶었다.

방학 첫날, 그러니까 그녀가 만취해서 집에 늦게 들어온 다음 날, 바니아와 나는 그녀를 거실에 불렀다. 우리에게 선택의 여지가 없는 막다른 상황이었다. 그녀는 늘 하던 말을 늘어놓기 시작했다. '내 사랑둥이들, 내 새끼들, 엄마가 많이 후회해. 어쩌고저쩌고' 하면서. 그러나 나는 그녀가 변명할 기회를 조금도 주지 않았다. 나는 그녀의 말을 자르며 말했다.

"엄마, 바니아와 나는 더는 엄마의 사랑둥이들도, 엄마의 새끼들도, 그 무엇도 되고 싶지 않아요. 더는 엄마의 한탄도 듣고 싶지 않아요. 우리는 행동을 원해요. 엄마가 이 반복을 끊기를 원해요."

그녀는 수업 시간의 아이처럼 손을 들어 내 말을 끊었다.

"어젯밤에는 내가 술을 너무 많이 마셨어. 끔찍하게 많이 마셨지. 더 이상 내가 아니었어."

그녀는 뺨에 주르르 눈물을 흘리면서 말했다.

"우리는 어제만 말하는 게 아니에요! 앞으로 아예 끊길 바라는 거예요!"

바니아가 힘주어 또박또박 말했다.

그녀는 입술을 파르르 떨면서 바니아를 쳐다봤다. 우리가 가볍게 말하는 게 아니고, 그녀도 더는 선택의 여지가 없다는 걸 깨달은 듯했다. 그녀는 미소를 지으려고 했지만 그러지 못했다.

그래서 그녀는 전날은 마지막으로 힘든 밤이었고, 다시…… 크리스텔 지루로 돌아올 거라고 약속했다. 그녀는 자리에서 일어나 냉장고 뒤에 숨겨 놓은 술병 하나를 꺼내더니 개수대에 술을 쏟아 버렸다. 우리에게 믿어 달라고 말했다.

"나는 길을 잃었어. 네 아빠가 없으니까 확실히 좌표가 없었어."

그 말은 노래 후렴구 같았다. 바니아와 나는 우리 삶에 진짜로 음악이 흐르길 원했다. 그래서 우리는 그녀의 말을 믿기로 했다.

그녀는 우리에게 베르사유에 다녀오라고 했다. 이번에는 우리가 없으면 죽을 거라고 소리 지르지 않았다. 단지 이렇게 중얼거렸다.

"나는 시간이 필요해."

바니아와 나는 멍하니 그녀의 말을 받아들였다. 기차를 탄 뒤 차창 밖으로 점점 작아지는 그녀의 실루엣을 보며 우리는 동시에 손깍지를 꼈다. 무슨 일이 벌어지든 항상 우리 둘이 있겠다고 약속하는 방법이다.

나는 베르사유에서 보낸 시간을 조금도 기억하고 싶지 않다. 아빠는 친절했고, 미소를 지었고, 기분이 좋았다. 요컨대 지난 크리스마스 때와 정반대였다. 아빠는 일을 꾸미고 있었다. 우리가 간 지 사흘째에 그 여자를 우리에게 소개했다.

아빠가 아무리 미소를 계속 지어도 소용없었다. 바니아와 나, 우리는 하나가 되었다. 그 여자의 이름은 이미 잊어버렸다. 단지 엄마와 정반대로 생겼다는 것만 안다. 금발에 키가 크고 마른 여자는 우리를 몇 마디 하게 하려고 안간힘을 썼다. 그러나 벽을 말하게 하는 것은 불가능하다.

나중에 아빠는 변명했다.

"너희도 알겠지만, 이게 인생이야……. 나도 이렇게 될 줄 몰랐어. 사랑에 빠진 거야……."

그 말에 난 토하고 싶었다. 사랑하는 우리 아빠가 사랑에 빠지는 동안 바니아와 나는 우리의 거지 같은 삶을 살아 내려고 버틴 사실을 잊으면 안 되기 때문이다. 그래서 분위기가 무척 딱딱해졌다. 나는 카미유와 더 많은 시간을 보냈고, 참새도 날 자주 따라다녔다. 참새는 옛 학교 친구들을 잊기 시작했다.

반면 우리는 그녀를 잊지 않고 챙겼다. 아침과 저녁, 하루에 두 번씩 전화를 걸었다. 늦은 시간에 전화를 걸기도 했다. 전화할 때마다 그녀의 목소리는 밝고 거의…… 경쾌했다! 되게 이상했다. 갑자기 그녀가 정상적인 색깔의 행복이 가득한 세상에 사는 듯했다. 무섭다고 말하는 건 너무 간단하다. 무서워 죽을 지경이다. 이 여행 끝에 누가 우리를 기다릴까? 그녀가 여전히 있을까?

바니아가 내 팔꿈치를 흔들어서 헤드폰을 벗었다.

"빨간 스웨터를 아빠 방에 두고 온 것 같아. 아빠가 준 거 말이야."

바니아가 하품을 하면서 말했다.

"나보고 기관실에 가서 당장 기차를 돌리라고 말하라는 거야?"

바니아는 어깨를 으쓱였다. 표정에 미소의 흔적조차 남아 있지 않았다. 여행하는 동안, 나는 동생의 근심 어린 주름을 펴 주지 못했다. 늙어 버린 내 동생…….

"괜찮아. 그 스웨터가 맘에 들지는 않았어. 아빠가 금발머리 아줌마랑 골랐을 거잖아."

마침내 동생이 말했다. 나는 동생에게 미소를 지으며 손바닥을 내밀었다. 동생이 주먹으로 내 손바닥을 콩 쳤다.

"참새, 네 말이 맞아. 그 아줌마 얼굴을 보니까 못난 스웨터만 사는 것 같아. 그 아줌마 옷 봤지?"

나는 토하는 표정을 지었다. 우리는 기차 여행 내내 '새 여자' 얘기로 우스갯소리를 하며 조금 웃을 수 있었다. 그러나 기차가 역에 정차하자, 곧장 다시 심각해졌다.

플랫폼 끝에 서 있는 그녀를 금세 알아봤다. 그녀는 달려오지 않고, 우리를 숨 막히게 껴안지 않고, 매일 죽을 생각을 했다는 말도 하지 않았다. 그녀는 나를 포옹하고, 바니아의 머리를 헝클어뜨리며 쓰다듬었다. 그러고는 우리의 가방을 받아들고 몇 가지 정상적인 질문을 했다. 우리는 아빠에 관한 얘기는 하지 않으려고 조심했다. 가벼운 얘기만 했다. 나는 차 안에서 계속 그녀를 곁눈질했다. 그녀는 평상시와 다르게 아주 가볍게 화장했다. 백미러에 비친 바니아도 나와 같은 반응이었다. 그녀를 뚫어지게 쳐다봤다. 마치 미술 작품을 보듯이.

그녀는 저녁을 먹으면서 우리가 없는 동안에 한 일을 얘기했다. 다시 일자리를 찾기 시작했고, 잘될 것 같다고 했다. 그리고 그녀는 바니아와 거북이 얘기를 했다. 바니아는 턱이 빠질 듯이 웃었다. 바니아가 좋아하니까 나도 좋았다. 나는 두 사람의 유쾌한 수다에 끼려고 했지만, 두 사람만큼 긴장이 풀리지 않았다.

그녀는 약속대로 했다. 술은 마시지 않은 것 같았다. 그녀는 우리가 생각한 것을 위해 할 수 있는 모든 것을 했다. 그런데 왜 내 마음의 소리는 흥분하지 말라고 하는 걸까? 나는 계속해서 그녀를 믿고 싶다. 이 깨어 있는 꿈이 실제라면 좋겠다. 엄마는 여기 우리와 함께 있다.

"마리나, 베르사유에서 무슨 일 있었어? 걱정이 있는 것 같네."

그녀가 불쑥 내게 말을 걸었다.

나는 되도록 아무렇지도 않은 척하려고 애썼다. 엄마가 늘 좋아했던 카미유 얘기를 하고, '개학 스트레스'라고 둘러댔다. 그걸 말이라고!

그러나…… 한 가지 사실이 좀 스트레스이긴 하다. 포레스티에 선생님에게 전화를 뚝 끊은 이유를 설명해야 한다. 또 생활 기록부에 보호자가 아닌 내 전화번호가 적힌 이유도 설명해야 한다. 그런데 내가 진짜 보호자 번호를 줄 수 있을까?

저녁을 먹고 나서 참새가 나에게 슬며시 다가와 말했다.

"누나, 봤어? 엄마가 이렇게 좋아 보이는 건 오랜만이야! 다 나았나 봐!"

왜 이 말에 눈물이 차오르는 걸까? 나는 시선을 돌리며 중얼거렸다.

"그래. 그녀가 좀 나아진 것 같아. 네 말이 맞아."

"이제 '엄마'라고 말해!"

나는 고개를 끄덕이며 바쁜 척 가방을 챙겼다. 그녀는 내 방에 와 잘 자라고 인사하면서 도서관에 반납하려고 책상에 올려놓은 책 중 한 권을 집었다.

"와! 내가 중학생 때 읽었던 책이네! 모파상의 환상 소설집을 참 많이 좋아했는데!"

그녀가 책장을 넘기며 말했다.

"네 친구들 중에 'J. 포레스티에'란 친구가 있어? 주소가 적혀 있네. 귀엽다! 네가 책을 읽는 동안 계속 따라다녔나 봐!"

그녀는 사서 선생님이 준 책에 꽂혀 있던 책갈피를 보여 줬다. 나는 책갈피를 건드리지 않은 채 놔뒀기 때문에 놀란 눈으로 쳐다봤다.

J. 포레스티에.

이 이름을 가진 사람을 딱 한 명 안다.

나는 어깨를 으쓱이며 이건 사서 선생님 연락처이고, 책 얘기를 조금 하는 사이라고 설명했다. 그러자 엄마는 날 안아 줬고, 그 품에서 향기를 맡을 수 있었다. 오늘 밤에 이 향기를 간직하고 싶다. 마치 무서울 때 나를 지켜 주는 애착 물건처럼.

그녀는 바니아를 안아 주러 바니아 방에 갔다. 바니아는 그녀가 또 사라질까 봐 꼭 끌어안았다.

나는 침대 머리맡 조명을 끄고 숨을 크게 들이마셨다. 아직 공기 중에 남아 있는 그녀의 향기 입자를 붙잡고 싶었다. 나는 밤에 자주 하던 버릇대로 방 밖에서 나는 소리에 귀를 기울였다. 이따금 집중하면 술병 잡는 소리를 들을 수 있었다. 그러면 나는 소리 없이 울었다.

오늘 밤은 텔레비전 소리가 윙윙 들렸다. 정상적인 밤이다.

그런데도 왜 난 울고 싶은 걸까?

5월 10일
쥐스틴
/ | \

"헤어스타일이 바뀌었네요……. 잘 어울려요!"

쥐스틴은 얼굴이 먼저 빨개졌다. 곧이어 '아닙니다. 더 말하지 말아 주세요'라고 하듯이 고개를 가로저었다.

다시 학교에 나온 쥐스틴은 이런 칭찬을 세 번째 들었다! 이미 전날 베레니스 선생이 쥐스틴이 더는 머리를 꼭 묶지 않고, 그 모습이 잘 어울린다는 것을 가장 먼저 알아봤다. 중2 B반 여학생도 '선생님, 새로운 헤어스타일이 아주 멋져요!'라고 말했다. 그리고 오늘은 교무실에서 그레구아르 수학 선생이 쥐스틴을 뚫어지게 쳐다봤다. 그레구아르 선생은 수학여행을 다녀온 뒤로 좀 더 용기를 냈고, 두 사람은 좀 더 자주 애기를 나눴다.

쥐스틴은 쑥스러움을 감추려고 손에 쥔 머그잔만 쳐다봤다. 그레구아르 선생은 이미 다른 얘기를 하고 있지만 칭찬이 계속 울림으로 남았다. 오늘 아침, 그레구아르 선생은 놀란 듯했다. 꼭 헤어스타일의 문제가 아니다. 쥐스틴도 스스로 변하고 있음을 느꼈다.

"우리 학생들이 만든 판넬 어때요? 괜찮지 않아요?"

멍하니 생각에 잠겨 있던 쥐스틴은 베레니스 선생의 말에 소스라쳤다. 영국 수학여행 전시가 다가와, 중2 B반 학생들이 전날 자신들의 작품을 도서관에 가져왔다. 마리나는 학교에 나왔지만, 도서관에는 오지 않았다. 쥐스틴은 퇴근을 준비하다가 복도에서 마리나와 마주쳤다.

"책을 안 가져왔네. 아직 못 읽었어?"

쥐스틴이 물었다.

마리나는 고개를 횐획 내젓고는 도망쳤다. 쥐스틴은 그렇게 사라지는 마리나를 보는 게 익숙해지기 시작했지만, 이번에는 평소보다 마음이 무거웠다. 쥐스틴이 말을 걸어서 마리나가 화난 것처럼 보였기 때문일까? 아니면 학년말이 다가오는데 마리나와 신뢰 관계를 전혀 쌓지 못했기 때문일까? 어쨌든 전날 저녁에 쥐스틴은 버스를 타면서 무력감을 느꼈다. 자신의 짐을 내려놓기 시작한 쥐스틴은 마리나 역시 자기가 지고 있는 짐에서 벗어나도록 돕고 싶다.

아니면 무게만이라도 덜어 주고 싶다.

쥐스틴은 교무실을 나와 행정부서 앞을 지나갔다. 한쪽 벽에는 교사들 사진이 쭉 붙어 있다. 새로 부임한 중학교 교장이 엉뚱한 아이디어를 내서 각 교사들에게 최근에 찍은 즉석 사진을 내라고 했기 때문이다. 쥐스틴은 자기 사진을 보는 게 싫어서 늘 처다보지 않고 지나쳤는데, 오늘은 그 앞에 서서 빤히 처다봤다. 지난 9월에 찍었는데, 하도 근엄한 표정을 지어서 제 나이보다 열 살은 더 들어 보였다. 쥐스틴은 고개를 횐 돌려 맞은편 유리창에 비친 자신을 봤다. 자신에게 미소를 지었다.

마침 지나가던 자습 감독 선생에게 들킨 것은 민망했지만.

쥐스틴은 처음으로 자신을 조금…… 사랑하게 됐다.

운동장을 가로지르면서 삼삼오오 모여 있는 여학생들이 보였다. 재잘재잘 수다를 떠는 아이들도 있고, 웃으면서 서로에게 말을 거는 아이들도 있고, 꽥꽥 소리를 지르면서 운동장을 내달리는 아이들도 있었다. 쥐스틴은 마리나를 찾지 않을 수 없었다. 햇살이 좋은 정오니까 책을 읽지 않을까? 그러나 마리나가 보이지 않아 서둘러 도서관으로 갔다.

쥐스틴은 도서관 문 앞에 앉아 있는 마리나를 보고는 심장이 좀 쿵쾅거렸다.

마리나 혼자였다. 쥐스틴을 기다리고 있었다.

쥐스틴은 이렇게 만나기에는 충분히 준비되지 않았지만 더는 시간이 없다고 생각했다. 당장 부딪쳐야 한다. 그렇지만 초조한 모습을 마리나에게 보이고 싶지 않았다.

"헤어스타일이 바뀌었네요. 더 좋아 보여요. 잘 어울려요!"

마리나가 일어나면서 말했다.

쥐스틴은 문을 잘 열지 못했다. 열쇠에 집중하며 당황한 모습을 보이지 않으려고 했다.

"방학은 잘 보냈어?"

도서관 문을 열면서 쥐스틴이 마리나에게 물었다.

마리나는 대답하지 않았다. 반납대에 책 두 권을 내놓으면서 말했다.

"다른 책들도 추천해 주실래요?"

"네 방학은 재미있을 만한 일이 없었다고 생각하면 돼?"

쥐스틴이 물었다.

"제가 말하는 것보다 읽는 것을 더 좋아한다고 생각하시면 돼요."

마리나는 창문 쪽으로 몸을 돌렸다. 기계적으로 엄지손톱을 물어뜯었다. 멍하니 운동장을 응시하는데, 마치 자신을 둘러싼 세상과 분리된 것처럼 보였다.

쥐스틴은 마리나 옆에 가 섰다. 쥐스틴은 밖에서 활발하게 움직이는 청소년들을 바라봤다. 대부분 행복하고 걱정이 없어 보였다. 그 나이였을 때의 쥐스틴과 정반대였다.

그래서 쥐스틴은 마리나에게 몸을 돌려 나지막이 말했다.

"나도 말하는 것보다 책을 읽는 게 더 좋아. 그렇다고 책을 방패로 삼으면 안 돼. 책은 그저 가끔 우리가 사는 세상에서 벗어날 수 있게 해 주는 다리 같은 거야. 잠시 책 속으로 피할 수 있어. 하지만 영원히 그럴 수는 없어."

마리나는 움직이지 않고, 말하지도 않았다. 그저 떨리는 턱이 반응처럼 보였다.

"왜냐하면 삶에는 우리를 회복시켜 주는 순간이 늘 있거든."

쥐스틴이 아주 작게 말해서 그 말을 들으려면 귀 기울여야 했다.

마리나는 손톱 물어뜯기를 멈추고 이맛살을 찌푸렸다.

"선생님은 사서이고 온종일 책을 추천하면서 그런 말씀을 하시네요! 그동안 제게 어떻게 하셨지요? 마리나, 이거 읽어라. 이것도 읽어라……

그런데 이제 와서 책 속으로 도망치면 안 된다고요?"

쥐스틴은 곧장 대답하지 않았다. 타이밍이 얼마나 중요한지 안다. 쥐스틴은 마땅한 단어를 찾을 때까지 시간이 잠깐 멈춰 주길 바랐다. 쥐스틴의 목표를 이룰 정확한 문장이 필요했다.

마치 과녁의 중심을 맞히는 화살처럼 말이다.

"아니야…… 내 말은 그저 책을 요새로 삼아 네 진짜 삶으로부터 고립되지 말라는 거야. 세상을 아주 멀리서 내려다보려고 성탑 꼭대기에 올라가는 옛 이야기 속 공주들처럼 말이야. 위협하는 용들과 맞서 싸우는 게 나아. 좀 더 빨리 맞설수록 앞길이 좀 더 잘 보일 거야."

"선생님도 용에 대해 잘 알아요?"

마리나가 공격적인 말투로 물었다.

"마리나, 네가 상상하는 것 이상이야! 나는 너무 오랫동안 나의 탑 속에 갇혀 있었어. 그래서 너한테 말할 수 있는 거야."

쥐스틴은 시선을 돌리면서 대답했다.

도서관을 뒤덮은 침묵이 둘을 감쌌다.

순간, 두 사람의 눈이 마주쳤다. 쥐스틴은 마리나의 눈빛이 얼마나 의미심장한지 잊고 있었다. 그 눈은 먼 호수의 색깔을 떠올리게 했다. 오늘은 피곤하고 체념한 눈빛이었다. 마치 회오리바람이 풍경을 휩쓸고 지나간 것 같았다.

갑자기 복도에서 요란한 발자국 소리가 들렸다. 문이 와당탕 열리고 남학생들이 소란스럽게 들어왔다.

"와, 선생님, 머리를 어떻게 한 거예요? 멋져요!"

남학생들 중 한 명이 말했다.

쥐스틴은 칭찬은 고맙지만 말소리가 생각보다 잘 울리니 조용히 해 달라고 부탁했다. 뒤돌아보니 마리나는 사라졌다.

마리나는 습관대로 도망치기를 좋아했다.

쥐스틴이 늘 했던 행동이다. 그리고 절대로 다시는 하고 싶지 않은 행동이다.

5월 11일
마리나

피노키오, 거짓말을 너무 하면 코가 길어져…… 피노키오, 거짓말을 너무 하면…….

이 후렴구가 머릿속에서 뱅뱅 맴도는데 없앨 수가 없다. 기억이 이렇게 불필요한 것까지 저장하고 있다는 사실이 놀랍다! 예닐곱 살에 봤던 만화 영화 주제가 같은데 어떻게 다시 생각났는지 모르겠다.

반대로 왜 생각났는지는 잘 안다.

부엌에서 술 냄새가 진동했다. 나는 조금 전에 반쯤 남아 있던 술병 세 병을 개수대에 비웠는데, 진과 보드카가 섞여서 냄새가 지독했다. 이 냄새가 싫다. 술은 결코 한 방울도 마시지 않을 것이다. 알코올 중독자의 자녀라도 평생 술을 마시지 않고 살 수 있을까? 카미유 말대로 '빅 퀘스천'이다.

게다가 지난번에 베르사유에서 카미유와 나는 술에 대한 얘기를 나눴다. 우리는 카미유의 친구 집에서 열린 저녁 파티에 초대받아 갔다. 어른은 아무도 없었고, 보드카 두 병이 아이들 손에서 손으로 **빠르게** 전달되었다. 아이들은 곧바로 큰 잔에 따라 마셨다. 나는 냄새만 맡아도 토하고 싶었다. 되도록 그 아이들을 향해서. 카미유가 술병을 잡았을 때, 나는 바로 폭발하고 말았다.

"내 단짝도 다른 애들처럼 한심하네. 너도 쟤들처럼 마시려는 거야?"

내가 바락 화를 내며 말했다.

"아이, 왜 그래? 두세 잔이야. 이걸로 안 죽어!"

카미유가 웃으면서 대답했다.

"넌 원래 안 마시잖아. 그리고 이런 독한 술은 역겨워. 그러니까 카미유, 너한테 경고하는데, 이건 네 삶이지만 나한테 네 한심한 짓거리를 보라고 강요하지 마."

나는 문으로 향했다. 소리를 지르고 싶었다. 카미유가 날 붙들었다. 내가 왜 이토록 화를 내는지 이해한 건지는 모르겠다. 그러나 카미유는 내가 그냥 폭발하도록 내버려 두지 않았다.

"알았어, 알았어. 마리나. 네 말이 맞아. 가자. 나 혼자 있기 싫어. 이리와. 애들이 〈End of night〉를 틀어 줄 거야. 너도 나만큼 이 노래 좋아하잖아."

그래서 우리는 술병이나 술 얘기는 더는 하지 않고 춤만 췄다.

파티가 끝나 갈 무렵에 남자애 두 명이 반쯤 기절해서 일어나지 못했다. 나는 물을 많이 마셔야 술에서 깰 때 머리가 아프지 않다는 걸 알았지만, 아무 말도 하지 않았다. 남자애들이 기절한 대로 내버려 뒀다. 꼴좋다.

개수대를 두 번째 씻었다. 냄새가 밴 것 같다. 바니아가 학교에서 돌아왔을 때 아무 냄새도 나지 않으면 좋겠는데. 녀석은 아직도 믿고 있다. '엄마가 다 나았다'고 생각한다. 그녀가 이제는 절대로 술을 안 마신다고 확신한다. 그녀가 술을 숨겨 놓고 계속 마신다는 건 꿈에도 모른다.

하하하. 우리는 역사상 가장 위대한 거짓말쟁이를 보고 있다. 그에 비하면 피노키오는 애송이다!

피노키오, 거짓말을 너무 하면 코가 길어져…… 거짓말을 너무 하면 코가 길어져…….

그녀가 돌아오기 전에 술병을 버리려고 쓰레기장에 내려갔다.

서프라이즈, '엄마'! 어서 술병을 숨긴 곳으로 달려가 봐요! 하나도 없을 테니까!

조금이나마 그녀가 날 도와준 셈이다. 왜냐하면 나는 뭔가 숨긴 곳을 금방 찾아내는 강훈련을 받았으니까. 그녀가 숨긴 술병은 죄다 찾은 것 같다! 나는 진짜로 육감이 발달했다. 그러면 나중에 내 미래에 도움이 될까? 회의감이 든다. 그보다 정상적인 가정에서 사는 게 훨씬 더 도움이 될 텐데.

서른한 계단. 변함없다. 우리가 이사 온 이후로 건물은 조금도 변하지 않았다. 그녀도 마찬가지다.

그러나 반대로 사서 선생님은 달라졌다. 안경 너머로 꿰뚫어 보는 눈은 여전하지만 외모가 바뀌었다. 신기하게도 어젯밤에 사서 선생님 꿈을 꿨다! 선생님은 중세 시대 복장과 모자를 갖추고 큰 성탑에 있는데, 손에 투구를 들고서 멀리 쳐다봤다. 초원에는 풀을 뜯어 먹는 아주 작은 용들이 있고, 선생님이 인사를 했다. 그러자 그중에 어마어마하게 큰 용이 나타나 한 발로 탑을 뽑아 버렸다. 소스라치며 꿈에서 깬 바람에 선생님이 어떻게 되었는지는 모른다. 그 괴물 이미지가 뇌리에 박혀서 다시 잠들지 못했다.

도서관에서 포레스티에 선생님과 나눈 대화가 다시 떠올랐다. 책을 요새로 삼으면 안 되고 '진짜' 삶을 살아야지. 이야기 속으로 도망치면 안 된다는 말이 다시 생각났다.

나도 정말 그렇게 살고 싶다.

하지만 그러려면 내 삶의 배경과 인물을 바꿔야 한다!

병들은 쨍그랑 소리를 내며 쓰레기통 속으로 떨어졌다.

얼마 전까지만 해도 아빠와 바니아는 한 달에 한 번씩 쓰레기장에 쓰레기를 버리러 가면서 엉터리 노래를 지어 불렀다.

'쓰레기통, 우리는 청소부. 쓰레기통, 우리의 불행을 갖다 버리자!'

이 한심한 노래는 그만 생각하자. 또 눈물이 난다.

최근에 술병을 발견했을 때만큼은 아니지만, 별 차이는 없다.

그러나 나도 바니아와 같았다. 그녀의 '다시 태어나겠다'는 말을 진짜로 믿고 싶었다. 어제는 종일 '엄마'라고 불렀다.

짜증나는 건 만약 포레스티에 선생님이 성탑과 용 얘기를 하지 않았다면, 난 좀 쉴 수 있었을지 모른다. 며칠, 일주일…… 이 시간 동안 '안녕, 크리스텔 지루가 다시 우리에게 돌아왔어. 우리는 기뻐. 우리는 그녀의 노력에 큰 박수를 보내'라는 이 빤한 거짓말을 계속 믿었을 텐데.

오늘 저녁, 나는 학교에서 돌아와 간밤의 꿈과, 사서 선생님과 나눈 이야기를 다시 생각했다. 집에 오는 길 내내 성탑 꼭대기에 있는 공주 얘기가 머릿속에서 맴돌았다. 결국 내 자신에게 이런 질문을 던졌다.

'마리나, 솔직히 너도 좀 높은 곳에 앉아 있지 않아? 네 요새에서 내려와서 용들과 맞서 싸워. 상처를 입어도 할 수 없지.'

그래서 나는 집 구석구석을 뒤지기 시작했다.

나는 믿고 싶었다, 진짜. 그러나 믿지 못했다.

그 결과 그녀 방 벽장 속 스웨터 더미 밑에서 첫 번째 술병을 찾아냈다. 나는 뜨거운 눈물을 하염없이 흘렸다.

세 번째 술병을 찾았을 때는 피노키오 노래가 머릿속을 장악해 울음이 멈췄다.

더는 참을 수 없어서 바니아를 데리러 갔다.

바니아가 수업 끝나는 시간에 맞춰서 학교에 도착했다. 나는 '저 아이를 보세요! 내 동생이에요. 내 참새예요! 이제 겨우 4학년인데, 거지 같은 삶을 살아야 하는 건 어린애한테 너무 가혹하지 않아요?'라고 소리를 지르고 싶었다. 바니아가 나를 발견하고는 '누나가 날 데리러 오는 걸 모두에게 말하고 싶지 않아'라는 투로 남모르게 살짝 손짓했다. 그래서 피식 웃었다.

동생과 나는 집에 가면서 조용히 수다를 떨었다.

동생이 말하고 나는 들었다. 동생은 밝았다. 학교에서 좋은 하루를 보낸 뒤 집으로, 그러니까 정상적인 가정으로 돌아가는 남자애처럼 말이다. 나는 동생이 정상적인 가정, 정상적인 집으로 가는 것이 아니라는 것을 아는 사람처럼 극도로 예민했다. 우리는 간식으로 초콜릿을 샀고, 나는 동생이 좋아하는 샌드위치를 만들어 줬다.

동생은 이 즐거운 시간을 잠깐 동안만 누릴 것이다. 오래 가지 못할 테니까. 시간이 흐르면서 가슴이 죄어 왔다.

안 좋은 소식 : 나 엘리엇과 헤어졌어. 나보다 축구를 더 좋아하잖아.

속상하지만 아주 심하지 않은 이모티콘

나는 미소를 지었다. 카미유의 문자는 나비들 같다. 내 삶이 무겁고 버거울 때 주위를 파닥파닥 난다.

"수학 시험이 엄청 어려웠어. 앞자리 시험지 답이 안 보였어. 평소 같으면……."

바니아가 간식을 먹으면서 한숨을 쉬었다.

"야, 참새! 나는 네 나이 때 친구들 답을 커닝해 본 적이 없어!"

바니아는 일부러 내게 침을 튀기며 대답했고, 나도 동생을 제대로 공격했다. 동생을 간지럽혀서 바닥에 구를 듯 미친 듯이 웃었다.

우리는 현관문 소리에 멈췄다.

오후 4시 15분이다. 그녀가 돌아왔다. 그녀는 부엌에 있는 우리에게 왔다. 모든 게 여전히 정상적으로 보였다. 모르는 사람이 보면 보통 가정과 다를 바 없다고 생각했을 것이다. 우리는 함께 얘기하고 웃었다…….

상황이 나빠진 것은 나중이다. 저녁을 먹을 때 그녀는 이미 덜 웃고 있었다. 그녀는 아주 예민해졌다. 일어났다가 다시 앉고, 횡설수설했다. 바니아가 컵을 엎었다고 혼내고, 괘종시계를 열두 번 쳐다보고, 음식을 다 먹지 않고, 허공을 보며 한숨 쉬고, 손을 긁고, 식탁을 와당탕 시끄럽게 치우고, 내게 질문을 하고도 대답을 듣지 않고, 냅킨을 접었다가 펴고, 바니아가 '거북이처럼 늑장을 부린다'고 다시 혼냈다.

다른 날이었다면 나는 가만히 있었을 것이다. 모두 웃을 수 있는 재미난 얘기를 해서 분위기를 띄우려고 했을 것이다. 저녁 식사 시간은 정상적으로 끝나고, 우리는 그녀 혼자 술 취한 밤을 보내게 방으로 도망쳤으리라. 그러나 나는 옛 이야기의 공주들이 사는 성탑에서 내려왔고 더는 올라갈 생각이 없었다.

"식사 중에는 바니아를 가만 놔두면 안 돼요? 꼭 소리를 질러야 해요?"

나는 화내며 말했다.

"말 좀 부드럽게 하지 않을래? 네가 뭐라도 되는 줄 알아?"

그녀는 웃음기 없는 얼굴로 말했다.

"오늘 저녁은 뭐가 문제예요? 뭐가 성에 안 차요? 우리가 빨리빨리 먹고 방으로 가면 좋겠어요? 서둘러 술병 찾으러 가게요? 우리 '사랑둥이들'에게 보물을 숨겨 놓았다는 말은 깜빡했나 봐요?"

그녀의 얼굴이 일그러졌다. 믿을 수 없지만, 나는 그녀 얼굴에서 썰물처럼 피가 빠져나가는 것을 실시간으로 봤다.

"마리나, 입 다물어. 넌 동생 앞에서 거짓말을 하고 있어. 네가 무슨 말을 하는지도 모르겠어."

그녀가 중얼거렸다.

"아니요, 더 이상 입 다물지 않을래요. 오늘 밤은 술을 마시지 못할 거예요. 내가 싹 다 버렸거든요. 어머니날 선물이에요. 좀 미리 준비했어요."

바니아도 그녀만큼이나 창백해졌다. 얼굴에 있는 모든 것이 빠져나갔다.

그녀가 일어났다. 내 위로 우뚝 섰다. 날 쳐다보는 눈빛이 심장 한가운데로 내리꽂는 칼날 같았다. 엄마 눈에는 사랑이 조금도 담겨 있지 않았다.

"마리나, 사실이 아니라고 말해. 내 술 안 비웠지?"

그녀는 내 얼굴에 자기 얼굴을 가까이 대며 중얼거렸다.

나는 그녀를 막기 위해 행동했다는 것을 보여 주려고 오랫동안 고개를 위아래로 끄덕였다.

그녀는 천천히 뒷걸음질쳐 부엌을 나갔다. 또 우리 집을 나갔다.

현관문 닫히는 소리가 쾅 하고 났다.

나는 식탁보에 있는 점을 뚫어지게 쳐다봤다. 절대로 지워지지 않는 얼룩이다. 동생과 눈이 마주칠까 무서워 고개를 들 수가 없었다.

동생의 눈물보다 더 무서운 건 동생의 목소리였다. 동생은 떨리는 목소리로 울먹이면서 말했다.

"누나, 나 죽고 싶어."

쥐스틴

잠에서 깬 쥐스틴은 목이 답답했다. 안 좋은 예감이다.

쥐스틴은 보름째 매일 아침 일어날 때마다 거울을 보며 자신을 마주했다. 그의 목소리가 들리면 싸우러 나갔다.

쥐스틴은 그에게 입 다물고 자신을 가만히 내버려 두라고 소리 질렀다. 쥐스틴은 그에게 자신은 달라졌고, 더는 그가 두렵지 않으며, 다른 사람들의 시선을 받아들이기 시작했다고 말했다. 쥐스틴은 그가 날개를 부러뜨려서 결코 높이 날 수 없지만, 두 발로도 충분히 멀리 갈 수 있기 때문에 걷는 것만으로도 만족한다고 말했다. 얼마 전부터는 예전보다 더 큰 발걸음을 내딛는 것 같고, 진짜 자유의 느낌이라고 말했다.

이렇게 다 말해서 그런지 그의 목소리가 들리는 횟수가 점점 줄어들었다.

그렇다고 해서 마르탱의 목소리가 이어 들리지는 않았다. 마르탱은 쥐스틴의 문자에 한 번도 대답하지 않았고, 쥐스틴도 문자를 더 보내지 않았다. 쥐스틴은 마음의 문을 닫아 버렸다.

한편 교무실에서 자신을 똑바로 쳐다보는 그레구아르 선생의 눈길은 거부하지 않았다. 이것이 쥐스틴의 삶에서 시작된 아주 새로운 변화다.

오늘 아침, 쥐스틴은 편안하게 옷을 입고 머리를 매만질 수 있었다. 그러나 집을 나서는 순간 긴장됐다. 다시 숫자를 세기 시작했다. 아파트 건물을 내려가면서 계단을 세고, 버스 정류장까지 발걸음을 셌다. 자신의 모든 루틴이 되살아났다. 마치 방패처럼. 버스를 탄 쥐스틴은 엠마에게 안부 문자를 보냈다.

두 달째 두 자매는 문자를 주고받는 것이 습관이 됐다. 일주일에 여러 번 주고받는다. 쥐스틴은 그때 만나길 잘했다는 생각이 점점 든다. 일상적인 얘기를 나누는데, 가끔 감동적인 따뜻한 문장도 있다. 두 자매는 서로에게 말하는 법을 다시 배운 이후로 엠마 말처럼 '자매의 심장'을 덥히는 불씨를 유지하는 데서 기쁨을 느꼈다.

학교에 들어가면서 쥐스틴은 이성적으로 생각했다.

'과거의 쥐스틴은 사라졌고, 지금 포레스티에 선생은 점점 더 잘 지내고 있어.'

쥐스틴은 머릿속으로 이 문장을 주문처럼 여러 번 되뇌었다.

2교시에 중2 B반 학생들을 맞는데, 마리나가 없다는 걸 알았다. 쥐스틴은 불안하게 잠에서 깬 이유를 깨달았다. 처음부터 쥐스틴과 마리나 사이에 설명할 수는 없지만, 보이지 않는 끈으로 연결되어 있다는 느낌을 받았다.

쥐스틴은 그 끈이 방금 끊어진 것처럼 불안했다.

"쥐스틴 선생, 무슨 일 있어요? 얼굴이 창백해요……."

학생들을 데리러 온 베레니스 선생이 말했다.

쥐스틴은 고개를 가로저었다. 잠을 잘 못 잔 것 같다고 대답하며 지난 달부터 마리나가 자주 결석한다고 알렸다.

"결석 학생은 매주 매일 있잖아요!"

베레니스 선생이 도서관을 나가면서 말했다.

그렇다. 당연히 쥐스틴은 알고 있다.

그러나 마리나는 지난번에 봤을 때 책 없이 나갔다. 다소 힘든 얘기를 한 뒤에 도서관을 떠났다. 쥐스틴은 섬세하게 접근해 좀 더 오래 대화를 하고 싶었는데 자신이 너무 직설적으로, 충분한 준비 없이 말했다고 생각 했다.

쥐스틴은 자신이 썼던 단어를 정확하게 다시 생각해 봤다. 그러느라 오전 내내 멍했다. 오후에도 심란해 마리나의 휴대폰일 게 분명한 지루 부인의 휴대 번호로 문자 두 통을 보냈다. 그러나 문자 읽음 표시는 뜨 지 않았다.

쥐스틴은 도서관 문을 닫으면서 더 불안해졌다. 다시 파도가 쥐스틴 을 덮치고 있다. 아주 오래된 기억이 떠오른다. 오래전 날이 흐린 오후였 다…….

전날 밤에도 그가 떠올랐다. 그는 술에 취했고, 끔찍한 말로 고함쳤 다. 쥐스틴 같은 낯짝이라면 차라리 죽는 게 낫겠다고 말이다.

"여태 뭐 하고 있어? 네가 봐도 너무하지 않아?"

그가 소리쳤다.

쥐스틴 엄마가 남편을 입 다물게 하려고 애썼지만, 그는 알 수 없는 말을 내뱉으며 바닥에 쓰러졌다. 어머니는 매번 쥐스틴에게 와서 그는 이제 정상이 아니고, 술 때문에 영혼까지 망가졌으니…… 내버려 두라고 반복해서 말했다.

쥐스틴은 엄마의 말을 더는 듣지 않았다. 그러나 죽어야겠다는 생각이 들었다. 진심으로. 그리고 다음 날, 학교에서 집으로 가다가 도로의 다리 난간 위로 올라갔다. 쥐스틴은 발아래 오가는 차들을 내려다봤다. 조금만 앞으로 나가면 충분하다고 생각했다. 그러면 이제부터 그의 목소리가 영원히 들리지 않으리라.

쥐스틴은 뛰어내리려고 했다.

머릿속으로 집을 그리며 빙 둘러봤다. 부엌에는 엄마가 보이고, 소파에 있는 아버지의 이미지는 지워 버리고, 자신의 방을 시각화했다. 그리고 책장이, 글을 뗐을 때부터 소중하게 모은 책들이 크게 보였다. 막 읽기 시작한 책 한 권이 눈에 들어왔다. 그 책은 침대 위에 놓여 있었다. 또렷이 보였다. 표지에 커다란 눈동자가 그려진 조지 오웰의 『1984』였다.

그 순간, 쥐스틴은 두 발을 난간 반대편으로 돌렸다. 좋은 방향으로. 그들을 위해. 빅 브라더와 싸우는 윈스턴을 위해. 쥐스틴이 끝내려는 이 이야기와 그녀를 기다리는 다른 사람들을 위해. 무엇보다 책들을 위해.

그날 저녁에 쥐스틴은 죽겠다는 생각은 물리치기로 했다. 그리고 소중한 책들 덕분에 살았으니 책을 위해서 사는 것보다 당연한 것은 없다고 생각했다.

오늘 쥐스틴은 다른 사람으로부터 자신을 지키기 위해 책의 도움을 받았다는 생각이 든다. 그러나 마리나는…… 어떤 피난처가 있을까? 게다가 쥐스틴과 나눈 대화를 어떻게 받아들였을까? 어떤 용들과 싸우기에 학교에도 나오지 못하는 걸까? 마리나도 사라지고 싶은 걸까?

그날 밤 쥐스틴은 집으로 돌아가면서 불안했다. 냄비에 쌀을 붓다가 반쯤 흘리고, 냄비를 불 위에 올려놓고 잊었다. 쥐스틴은 저녁을 먹고 나서 마리나에게 문자를 보내려고 했다. 마리나는 다른 문자처럼 읽지 않았다.

결국 쥐스틴은 소파에 앉아 라디오를 켰다.

문 두드리는 소리에 쥐스틴은 잠겨 있던 생각에서 벗어났다. 소스라치며 반사적으로 시계를 봤다. 밤 9시가 다 되었다. 쥐스틴이 기다리는 손님은 없었다. 확실하다.

잠깐 멈췄다가 다시 문 두드리는 소리가 났다.

그리고 쥐스틴은 문밖의 목소리에 전기 충격을 받은 듯 놀랐다.

5월 12일

마리나

／ ｜ ＼

도시를 다 돈 것 같다.

마음이 놓이는 건 오늘 바니아에게 수업이 있다. 학교는 그녀로부터 멀어진다는 뜻이다. 그리고 그녀로부터 멀어지면…… 바니아는 다시 어린애가 된다.

나는 어젯밤 바니아의 죽고 싶다는 말에 오열했다. 늘 동생을 위해서 강해지려고 애썼지만, 그 순간에는 버티지 못했다. 우리 둘은 몹시 불행한 사람처럼 서로 얼싸안고 울었다.

눈물 저장소는 정말이지 마르는 법이 없다. 지구의 물은 언젠가 고갈된다는 얘기를 생각하면 참 불공평하다. 우리는 그녀가 돌아올 때까지 기다리다가 늦게 잠자리에 들었다. 그녀는 자정이 좀 지나서 돌아왔다. 부드러운 향기는 사라졌다. 확실하다.

그녀는 혼자 침대에 갔고, 우리는 일어나서 그녀가 어떤지 살펴보러 가지 않았다.

아침에 바니아와 내가 나올 때, 그녀의 방문은 닫혀 있었다. 나는 그녀가 괜찮은지 보러 가지 않았다. 내 결심은 확실해졌다.

나는 참새를 교문 앞에 데려다줬다. 확실하게 지켜 주고 싶었다. 참새는 오늘 아침에 내가 학교까지 바래다주려는 이유를 알지 못했다. 동생에게는 첫 수업이 취소되었다고 말했다.

헛소리! 뇌가 작동을 멈춰서 아무 말이나 했다.

오늘은 수업이 없다.

생각할 시간이 필요하다. 이 거지 같은 삶과 작별하려면.

나는 거리를 돌고 또 돌았다. 맥도날드 앞을 네 번째 지나갔다. 오후 3시가 다 되었는데 배고프지 않았다. 최근에 살이 빠졌는데 아무도 알아채지 못한다. 내가 먹는 걸 보면 놀랄 일도 아니다.

알코올 중독자의 자녀들은 평생 살이 안 찔까? 카미유, '빅 퀘스천'이지? 카미유 얘기를 하자면, 오늘 아침에 내가 보낸 문자를 카미유가 이해했는지 모르겠다.

카미유, 방향 전환.

내가 연락이 없어도 섭섭해하지 마.

큰일 진행 중. 잠수 탈 거야.

나는 이모티콘도, 확실한 어떤 말도 덧붙이지 않고 휴대폰을 껐다. 어쩔 수 없다. 카미유에게 말할 수 없다.

솔직하게 털어놓을 수 없다. 포레스티에 선생님, 참 재밌는 분이에요! 성탑에서 내려와야 한다고요? 좋아요. 그러면 그다음 단계는요?

나는 도서관 벽, 사서 선생님 책상 바로 위에 붙어 있는 한 문장이 생각났다. 20세기 독일 극작가 베르톨트 브레히트의 격언인데 사서 선생님이 아름다운 글씨체로 써 붙였다.

싸우면 질 수 있다. 그러나 싸우지 않으면 이미 졌다.

선생님이 이 문장을 벽에 붙이던 날이 기억난다. 도서관에서 바로 내 옆에 있던 사뮈엘이 웃음을 터뜨렸다.

"포레스티에 선생님, 권투 시합을 허락하시는 거예요? 공식적으로요?"

사서 선생님은 고개를 흔들며 위를 쳐다봤다. 선생님은 우리에게 베르톨트 브레히트와 그의 작품을 얘기해 주고, 사뮈엘에게 '싸움'의 개념을 설명해 줬다.

그 후로 나는 이 문장을 기계적으로 수십 번씩 읽었다. 그래서 내 기억에서 자동적으로 떠올랐다.

알았어, 알았어. 마리나의 뇌야, 나는 네 말을 듣고 있어. 뭘 말하고 싶은 거야? 내가 싸워야 한다고? 그녀는 충분히 싸우지 않았다고? 아니면 최후의 싸움이 날 기다린다는 거야?

시간이 다가오는 건 사실이다.

나는 빵집에 들러 크루아상을 사 먹었다. 다 먹지는 못했다. 속이 더부룩하고 목이 메었다. 손이 땀으로 젖었다. 스트레스를 받는 게 아니다. 그 단계는 이미 넘어갔다. 나는 몇 달째 잔뜩 경계하며 살아야 하는 이 세상에서 흔들리고 있다. 나는 늘 쳐다보고, 듣고, 느낀다. 집에서는 엄마로부터 벗어날 방법을 찾아서 온 시간을 보낸다. 학교에서는 사람들 눈에 띄지 않으려고 침묵하며 지켜보는 레이더가 된다. 멈춤도 없고 쉼도 없다. 그래도 밤에는 쉴 수 있지 않느냐고? 밤에는 현실이 다시 떠오르는 꿈을 꾼다.

좀 더 오래 버틸 수 있었는데. 나는 강했다. 피곤해도 여전히 꿋꿋했다. 그런데 더는 내가 문제가 아니었다. 바니아가 흔들렸다.

마침 바니아가 학교에서 나왔다. 바니아는 날 보고 놀랐지만 내색하지 않았다. 나는 동생에게 주려고 산 크루아상을 내밀었다. 우리는 한마디도 하지 않았다. 바니아가 이해한 것 같았다.

집 문을 여는데 손이 덜덜 떨렸다. 그녀가 있기를 바라면서도 동시에 우리로부터 멀리 있었으면, 하고 바랐다. 그녀는 나갔다. 집 안이 아주 깨끗했다. 마치 그녀가 위험을 알아차린 듯이, 그리고 우리에게 우리의 삶이 얼마나 정상적일 수 있는지 보여 주려는 듯했다.

그녀의 방 침대도 흠잡을 데 없이 정리되어 있었다.

부엌도 치웠다. 그녀는 청소기로 사방을 치웠다. 냉장고도 꽉 들어찼다.

그녀는 식탁에 쪽지를 남겨 놓았다.

내 사랑둥이들, 오늘 약속이 있어서 좀 늦어.

어제 일은 천만 번 미안해. 오늘 밤에 너희와 말하고 싶어.

나의 태양들, 너희를 사랑해.

나는 눈에 눈물이 가득 고인 바니아를 쳐다봤다. 바니아에게 말해야 했다.

내가 혐오하는 이 도시에서, 내가 증오하는 이 아파트에서, 내가 싫어하는 이 부엌에서 바니아를 내 앞에 앉혔다.

"참새, 우리는 떠날 거야. 그러면 그녀는 죽을 거라고 늘 네게 말했지만, 이제는 우리가 살아야 해. 내 말 알겠어?"

나는 중얼거렸다.

동생은 소리 없이 울음을 터뜨렸다. 나는 어금니를 악물고, 주먹을 쥐고, 눈을 질끈 감았다가 말을 이었다.

"우리는 도망치는 게 아니야. 그녀가 술을 끊도록, 그녀가 술병에 둘러싸여 사는 이 장소를 떠나는 거야. 참새, 날 믿어 줘."

나는 더 말하기 힘들어서 자리에서 일어나 가방을 챙기러 갔다. 가장 기본적인 것만 챙겨 넣었다. 바니아는 움직이지 않고 날 쳐다봤다. 게임기를 가져가자는 말도 하지 않았다. 우리도 쪽지를 남기자는 말만 했다.

"무슨 생각이야?"

나는 현관에 가방을 내려놓으면서 물었다.

"우리도 쪽지를 남겨야 한다고 생각해."

바니아는 심각한 표정으로 대답했다.

갑자기 90세 노인이 된 것 같다. 이래서 난 바니아를 지켜 내야 한다.

둘이 함께 글을 쓰기로 했다. 바니아는 두 줄을 썼다. 모범생답게 내가 설명했던 내용을 또박또박 받아 적었다.

엄마, 누나와 나는 엄마를 떠나야 해요. 엄마가 술병을 버릴 때까지만요.

엄마를 아주 많이 많이 많이 많이 많이 사랑해요.

바니아는 큼지막한 하트를 덧붙이고 색칠했는데, 그 모습에 더 울컥했다. 나는 바니아 옆에서 글을 썼다.

엄마,

엄마가 더는 우리와 함께 살지 않은 지 여러 달이 되었어요. 엄마는 전혀 다른 사람으로 바뀌었잖아요. 술병을 쥐고 사는 엄마의 분신으로요. 나는 엄마가 없는 동안에 책을 많이 읽었어요. 많이 읽고, 많이 울었어요. 내 삶은 진짜 이야기이기 때문에 내가 원하는 길을 가기로 결심했어요. 그런데 이 길은 엄마를 떠나는 거예요. 내가 하고 싶은 말은, 우리가 엄마를 떠나야 나중에 엄마에게 잘 돌아올 수 있다는 거예요. 지금은 엄마를 더 이상 믿을 수 없어요. 참새도 나와 같이 가요. 내가 참새를 지켜야 하니까요.

우리를 찾지 마세요. 걱정하지 마세요. 아빠에게 전화하지 말고요. 우리는 아빠 집에 있지 않아요. 안전하게 지내면서 엄마가 다시 시작하기를 기다리고 있을 거예요.

그런데 엄마 혼자서는 할 수 없을 거예요.

엄마의 연락을 기다릴게요.

마리나

바니아는 종이를 내려놓고서 우리가 떠나면 어떻게 엄마가 우리에게 연락할 수 있는지 작은 목소리로 물었다.

바니아에게 우리가 갈 곳을 말해 줘야 할 때가 됐다. 바니아는 놀라지 않고 더는 질문하지 않았다. 내 동생은 나를 맹목적으로 믿는다. 그래서 무섭지만, 동시에 마음이 놓인다. 바니아에게는 이 땅에서 기댈 수 있는 사람이 적어도 한 명은 있으니까.

그런데 나는…… 나는 누구에게 기댈 수 있을까?

챙겨 놓은 가방을 들고 나와 현관문을 쾅 닫았다. 마치 꽁꽁 언 물에 뛰어든 것 같았다. 나는 성큼성큼 아파트 계단을 내려갔다. 바니아도 내 뒤를 따랐다.

우리는 맥도날드에서 바니아에게는 진수성찬이나 다름없는 저녁을 먹었다. 감자튀김을 맛있게 먹는 동생을 물끄러미 바라봤다. 나는 동생이 제 나이로 돌아갈 때마다 기분 좋아진다.

그녀 생각이 계속 났다. 시계를 봤다. 그녀가 돌아왔을지 궁금하다.

그런데 바니아의 말에 끝까지 갈 수 있는 힘이 났다.

"누나, 우리가 이렇게 하는 건 우리가 엄마를 엄청 많이 사랑하기 때문이야. 엄마는 길을 잃었어. 우리는 엄마가 제자리를 찾을 때까지 기다리는 거고, 그다음에 돌아가는 거야."

나는 동생에게 손바닥을 내밀었고, 동생은 주먹으로 콩 쳤다.

책갈피를 꺼내 포레스티에 선생님 주소를 다시 읽었다. 선생님 집은 맥도날드에서 아주 가깝다.

우리는 현관문이 열릴 때까지 열다섯 번은 두드렸다. 선생님을 부르기도 했다.

잠옷 차림의 학교 선생님을 본 건 살면서 처음이다. 선생님은 바니아와 나를 알아보고는 안경 너머로 부엉이 눈이 됐다.

"마리나? 어떻게······?"

선생님은 중얼거리다가 말을 멈췄다.

나는 선생님이 말을 끝낼 때까지 기다리지 않았다. 내가 할 말을 미리 준비했다. 그런데 막상 하려니 뒤죽박죽이 됐다. 그래서 나는 동생의 손을 꼭 쥐고 이렇게 말했다.

"선생님이 용과 맞서야 한다고 하셨잖아요. 저는 늘 선생님이 추천해 주시는 책을 읽었고, 그래서 선생님의 인생 조언도 따르기로 결심했어요."

포레스티에 선생님은 문을 활짝 열고서 우리를 들어오게 했다. 선생님 집에 들어갔을 때 오랫동안 내 안에 있던 말을 꺼낼 수 있었다.

내가 감추고 있던 이 비밀, 십자가처럼 지고 있던 이 부끄러움.

"우리 엄마는 술을 마셔요. 알코올 중독자예요. 스스로 술을 못 끊어요. 동생과 나는 어떻게 해야 할지 모르겠어요. 엄마는 우리를 무기력하게 만들어요. 그런데 우리는······."

나는 포레스티에 선생님이 준 손수건으로 눈물을 닦았다.

바니아가 말했다.

"우리는······ 살고 싶어요."

고슴도치 그녀들

초판 인쇄 2021년 10월 29일 초판 발행 2021년 10월 29일

지은이 소피 리갈 굴라르 옮긴이 이정주

펴낸이 남영하 편집 김주연 이신아 디자인 박규리 마케팅 김영호

펴낸곳 ㈜씨드북 주소 03149 서울시 종로구 인사동7길 33 남도빌딩 3F 전화 02) 739-1666 팩스 0303) 0947-4884

홈페이지 www.seedbook.co.kr 전자우편 seedbook009@naver.com 인스타그램 instagram.com/seedbook_publisher

ISBN 979-11-6051-425-4 (43860)